中华传统诗词经典

晏殊 词

刘扬忠 选注

一曲新词酒一杯，去年天气旧亭台。夕阳西下几时回。　无可奈何花落去，似曾相识燕归来。小园香径独徘徊。

中华书局

图书在版编目(CIP)数据

晏殊词/刘扬忠选注. —北京:中华书局,2014.6
(中华传统诗词经典)
ISBN 978-7-101-10054-9

Ⅰ.晏… Ⅱ.刘… Ⅲ.①宋词－选集②宋词－注释
Ⅳ.I222.844

中国版本图书馆 CIP 数据核字(2014)第 057464 号

书　　名	晏殊词
选 注 者	刘扬忠
丛 书 名	中华传统诗词经典
责任编辑	刘树林
出版发行	中华书局
	(北京市丰台区太平桥西里 38 号　100073)
	http://www.zhbc.com.cn
	E-mail:zhbc@zhbc.com.cn
印　　刷	北京瑞古冠中印刷厂
版　　次	2014 年 6 月北京第 1 版
	2014 年 6 月北京第 1 次印刷
规　　格	开本/787×1092 毫米　1/32
	印张 10½　插页 2　字数 150 千字
印　　数	1－10000 册
国际书号	ISBN 978-7-101-10054-9
定　　价	28.00 元

出版说明

　　中国是一个诗的国度，而诗词是人类心灵的形象展现，尤其是古典诗词，她所具有的深厚的韵味和音乐性的特点，使其成为中国传统文学中最具魅力的表现形式之一。

　　时至今日，诗词依然具有旺盛的生命力，拥有着广大的爱好者，人们心中那些幽微的情意仍要借诗词来传达。中华书局历来以传承中国传统文化为己任，出版了大量优秀的古代文学作品。近期，由中华书局发起，联合光明日报社、中央电视台、中华诗词研究院、中华诗词学会、中国移动通信集团，共同举办了"诗词中国"传统诗词创作大赛文化公益活动，得到了广大读者的热烈响应，人们积极创作投稿，掀起了一场古典诗词创作的热潮。随着活动的展开，我们认为有必要为人们提供一套兼具学术性与可读性的诗词读本，以方便读者的创作与欣赏。

朱光潜先生说："学文学第一件要事是多玩索名家作品，其次是自己多练习写作，如此才能亲自尝出甘苦，逐渐养成一种纯正的趣味，学得一副文学家体验人情物态的眼光和同情。到了这步，文学的修养就大体算成功了。"这番话可谓是前辈大师的经验之谈，我们学习、欣赏和写作古典诗词，也应从"玩索名家作品"入手，有鉴于此，我们编选了这套"中华传统诗词经典"丛书，并作为参加"诗词中国"传统诗词创作大赛的学习参考书。

丛书内容大致可分为三类：一、关于如何写诗赏诗的理论著作。包括《诗词格律》、《诗词写作常识》、《怎样赏诗》、《怎样用韵》、《人间词话》等；二、最具代表性和普及性的诗词总集。如《诗经》、《楚辞》、《唐诗三百首》、《宋词三百首》等；三、历代名家名作。如李白、杜甫、白居易、李商隐、苏轼、辛弃疾、李清照、柳永、纳兰性德等人的作品。

　　具体到每一本书，我们的做法是：一、精选作家作品。入选的作家一般为诗词领域领一代风骚的人物，入选的作品以传诵程度为首要标准，且兼具思想性与艺术性；二、引导扩展阅读。作家的选集中附一到两篇评论文章，帮助读者多维度了解相关作家作品；三、选用权威版本校勘整理。基本体例为正文、注释、评析三部分，各书根据内容的不同略有变化。为便于阅读，一般不出校记，注释力求准确简洁，评析旨在帮助读者领会诗词的意境及妙处。

　　丛书采用双色印刷，小 32 开本，只手可握，以便读者可以随时随地徜徉于诗词的海洋，尽情享受诗词的华美情愫。

中华书局编辑部

二〇一三年八月

目　录

Yanshu Ci

名家解读

前　言

　　晏殊是北宋前期词坛领袖，是宋词发展的开路人之一。

　　晏殊（北宋太宗淳化二年至仁宗至和二年，991—1055），字同叔，因他死后谥为元献，所以后人又称之为晏元献，其子几道亦工于词，词史上对其父子并称大晏、小晏。抚州临川（今江西抚州）人。他家先世并不显达，其父晏固仅是抚州衙门一小吏。晏殊本人却早慧，七岁能属文，十四岁就被以神童荐之于朝，赐同进士出身，从此跻身于官宦之列。他年纪轻轻就入史馆、知制诰、判集贤院，并在宋仁宗还是太子时就被任命为太子舍人（东宫属官），这为他以后在仁宗朝飞黄腾达打下了基础。他三十岁为翰林学士，三十五岁为枢密副使，四十岁时以资政殿学士、翰林侍读学士知礼部贡举。四十一岁为三司使，四十二岁为参知政事（副相），五十岁加检校太尉枢密使，五十二岁加同平章事（宰相）。五十四岁后罢相出镇外州。六十岁时知永兴军

（今陕西西安），后移知河南，兼西京（今河南洛
阳）留守，进阶至开府，仪同三司，勋上柱国，
爵封临淄公。六十四岁以疾归汴京，入见仁宗皇
帝，犹优礼有加，以"旧学之臣"留侍讲迩英阁，
诏五日一朝于前殿，仪从如宰相。直至次年正月
疾作逝世，仁宗还亲临其丧，并诏令辍朝二日，
以示哀悼。

　　以上胪列的晏殊大半生的仕历表明：晏殊其
人仕途通显，几十年中一直处于政坛、文坛的中
心地位。他虽长期担任枢密使、宰相之职，却缺
乏政治才干，未能在政治上有所建树，没有像寇
准、范仲淹等人那样的显著政绩。他在历史上的
贡献主要在文化教育、荐拔人才和文艺创作方面。
他平生喜好兴办学校，培养人才；并利用自己的
地位和权力，汲引和提拔贤能之士。比他小十六
岁的欧阳修，就是宋仁宗天圣八年（1030）他主
持礼部试时以第一名录取的。比他长两岁的范仲
淹也是他的门生。此外韩琦、富弼、杨察等北宋
名臣都出自其门下，王安石也受过他的奖掖。宋
祁、张先等均曾在他手下任职。这些人全是当时

政坛、文坛的一流人物。晏殊于政事之余极喜交游唱和，主办诗酒之会。所从游者多为当时的文学精英。通过这种方式，晏殊事实上领导着上层文人士大夫圈子里的歌词文学创作，造就了北宋前期的主流词风。《宋景文笔记》载："相国（晏殊）不自贵重其文，门下客及官属解声韵者，悉与酬唱。"（《宋人轶事汇编》卷七引）这种由晏殊领头进行群体唱和的盛况，可由南宋初叶梦得《避暑录话》卷上的记载窥见一斑：

晏元献公虽早富贵，而奉养极约。惟喜宾客，未尝一日不燕饮，而盘馔皆不预办，客至旋营之。顷见苏丞相子容（颂）尝在公幕府，见每有佳客必留，但人设一空案一杯。既命酒，果实蔬茹渐至，亦必以歌乐相佐，谈笑杂出。数行之后，案上已粲然矣。稍阑即罢，遣歌乐曰："汝曹呈艺已遍，吾当呈艺。"乃具笔札，相与赋诗，率以为常。前辈风流，未之有此。

另外，叶梦得《石林诗话》卷上又载：

> 晏元献公留守南郡（按指宋之南京，即今河南商丘——引者），王君玉（琪）时已为馆阁校勘，公特请于朝，以为府签判，朝廷不得已，使带馆职从公。外官带馆职，自君玉始。宾主相得，日以赋诗饮酒为乐，佳时胜日，未尝辄废也。尝遇中秋阴晦，斋厨夙为备，公适无命，既至夜，君玉密使人伺公，曰："已寝矣。"君玉亟为诗以入，曰："只在浮云最深处，试凭弦管一吹开。"公枕上得诗，大喜，即索衣起，径召客治具，大合乐。至夜分，果月出，遂乐饮达旦。前辈风流固不凡，然幕府有佳客，风月亦自如人意也。

从这些记载人们清楚地得知：在北宋前期歌舞升平的都市文化环境中，过着优裕的贵族生活的太平宰相晏殊，是如何带领着中上层文人士大夫们，从事娱宾遣兴、应歌合乐的诗词创作活动的。这样的以贵族庭园的歌台舞榭为基地的创作活动，形成了一个以宰辅重臣为领袖、以中上层文人官僚为骨干的台阁词人群体——后人因为这个群体的代表人物晏殊父子和欧阳修都是江西人而把它称为"江西词派"。晏殊不仅以当代文坛盟主的身份吸引并聚集了这个群体，而且更以自己典雅雍容、温润秀洁的词风为他们树立了追随的榜样，从而使这个群体成为有共同艺术倾向和集体风格的词派。这是北宋前期词坛上占据主流地位的一个势力强大的词派，晏殊因为作为一派之主的地位和成就而被后人尊奉为"北宋倚声家初祖"。

不过对于晏殊《珠玉词》的评价并非没有争议。近代以来，一些论者对于这位"宰相词人"在文学史上的地位估价很低，主要理由是说，他的词"没有什么真实的思想内容"，"题材狭窄"，只是富贵者的"无病呻吟"。笔者则以为：题材狭窄（相对于从不同方面开拓了词境和扩大了表现生活范围的柳永、苏轼等人来说）固是大晏词的一个明显缺陷，但若结合具体历史文化背景和他个人经历来看，毋宁说其词最富个性的一点恰恰在于，它们真挚而毫不做作矫饰地反映了属于这种身份地位的人们特定的生活情趣、特定的欢乐和悲哀。对于大晏词"真"的特质，似乎不应该有什么怀疑。大晏的门生欧阳修早就称赞过："公为人真率，其词翰亦如其性。"（《跋晏元献公书》）大晏生前"词翰"极为丰富，文集达二百四十卷之多，可惜绝大多数已经失传。清人为之辑佚，仅得文十多篇，诗一百三十多首。仅凭这点幸存的诗文，当然难以断定其文学作品是否"皆如其性"。所幸其晚年手自编定的《珠玉词》一卷得以传世。由于词是可以在酒边花前无所掩饰地即兴抒发作者性情思绪的诗歌样式，因而从《珠玉词》中的确可以亲切地感受到一个上层文人领袖和太平宰相的真实个性与独特风度。先师吴世昌先生论填词之道"只二句足以尽之，曰说真话；说得明白自然，切实诚恳"。他在举宋词名家以证其说时特赞晏殊曰："惟大晏身历富贵，斯能道富贵景象。"（《罗音室词跋》）这个判断，准确地抓住了晏殊词的审美特征。晏殊的人生观是很坦诚的，他曾对友人张先宣示其心思曰："人生行乐耳。"（《道山清话》）他的《珠玉词》便主要是表现他在升平之世及时行乐的生活。清代常州词派理论家倡"寄托"之说，把晏殊的某些著名词篇牵强附会地解释为隐喻政治斗争、斥责政坛"小人"之作。这毫无历史依据。晏殊生活于"太平无事荷君恩"之世，他当宰相时朝野政治生活并无巨大动荡，宰辅重臣们无所作为；检视其从政经历，未曾陷入党争。因此他既无必要佯为沉湎歌酒以逃避政治斗争，更无须使用在当时尚被普遍用于娱宾遣兴的娱乐文体去遮遮掩掩地"寄托"政治情怀。他所做的只是一件老老实实的事：用小词来讴歌自己富贵安乐的生活。当然，富贵生活也有高雅与庸俗之别。晏殊是有很高的封建文化教养的人，"自少笃学，至其病笃，犹手不释卷"（欧阳修《晏公神道碑铭》），士大夫书卷气与清高儒雅的风度贯穿其整个人生，因此他能以从容淡雅的词笔，自写其富贵之态，写得雍容而典雅，神清而气远，风流而蕴藉。他的典型词风，便因此而产生，并成为宋初词坛大部分作者趋尚的圭臬。

应该承认，晏殊尽管自命高雅，但他受安逸享乐时尚的影响，加上本人长期高官厚禄，生活未免平庸而缺少新鲜的审美体验，因而他的思想意识和艺术情趣中也难免有庸俗和颓唐的一面，表现在歌词创作中，有时也似晚唐五代的颓靡诗人词人一样，弹唱着"今朝有酒今朝醉"、"劝君莫作独醒人，烂醉花间应有数"等等调子。《珠玉词》中还有不少夸耀富贵气象和充满庸滥恭维话的寿词，艺术价值不大。在这些方面，他比起被他瞧不起的那个"骫骳从俗"的柳永，并无什么高明之处。大晏词的内容，确如论者指出的那样，"大都不出男欢女爱，离情别绪，没有什么特异的地方"。但这不等于说他毫无艺术成就。他的艺术创新和借以显示其士大夫雅词风貌之处，在于他的相当一部分抒情之作对传统的庸滥题材作了典雅化、含蓄化和"以理节情"、"情中有思"的审美处理。试看他的不少写男欢女爱和离情别绪的精美短章，已经没有了晚唐五代同题材作品的那种轻佻浅薄的情趣和色情描写，也没有同时期的柳永那种直白俚俗和一泻无余的作风，而是表现得乐而不淫，哀而不伤，风流蕴藉，清丽雅洁。这就显示了作者安雅淳厚的士大夫情操，赋予传统的"艳科"题材以新的特质。比如他的名篇《蝶恋花》（槛菊愁烟兰泣露），写刻骨的相思离别之情，却表现得委婉含蓄，耐人细细回味。作者并不直接地吐露相思之苦，而是将主观情感融进客观景物，借助于对秋天清晓和夜晚自然景物的描绘，曲折地传达出抒情主人公与情人离别后的那一种蟠结于胸的愁苦和哀怨，创造出深远含蓄的抒情意境。词中绵绵的思绪，脉脉的温情和低回往复的矛盾心态，其实都是富于儒家文化修养的作者本人的贵族士大夫主体意识的呈现。这正是上层士大夫的情爱心理特征的典型表现。这种与市民情爱的热烈直率迥不相同的"优雅"之情，既符合所谓"风人之旨"，也不违背儒家"发乎情，止乎礼义"的道德规范。毋怪王国维《人间词话》要将它与《诗经》中的风诗相提并论，以为它"最得风人深致"。这里不过略举一例，大晏其他写恋情的名篇如《木兰花》（池塘水绿风微暖）、《采桑子》（时光只解催人老）、《撼庭秋》（别来音信千里）、《木兰花》（绿杨芳草长亭路）等等，都是清雅淳厚之作。可见晏殊虽然像晚唐五代人一样好作"妇人语"，但对这种题材已经作了雅化、士大夫化的审美处理。这就开创了以雅笔写艳情的新风，而为后来的大多数宋词作家所效法。

晏殊词大致可分为艳情（男女两性之情）与闲情（富贵生活中安逸闲暇的感受）两大类。艳情词的特征已如上述。其闲情之作，则呈现一种与他的富贵显达的身世相谐调的圆融平静、安雅舒徐的风格。这种风格，是他深厚的文化修养、敏锐细腻的诗人气质与其崇高而平稳的社会地位相浑融的产物。比如他的感秋抒情的闲适词《清平乐》（金风细细），其中丝毫找不到自宋玉以来诗人们常有的衰飒伤感的悲秋情绪，有的只是在富贵闲适生活中对于节序更替的一种细致而优美的体味与感触。想在这种作品中去寻求什么"现实意义"和"社会价值"的人们将会大失所望，因为它所具有的仅仅是一种闲静优美的诗意的感觉。词人是在安雅闲适的庭园中从容不迫地咀嚼品尝着暑去秋来那一时间的自然界变化给人之心灵的牵动之感。这当中，也有因节序更替、岁月流逝而引发的一丝闲愁，但这一丝闲愁是淡淡的、细柔的，甚至是飘忽的、若有若无的。作者用精细的笔触、含蓄的意象，将自己的心理感触通过对外物的描写平缓地流露出来，整个意境十分柔婉动人。其实不单这首词，还有他那些历来传诵的名篇佳句如"无可奈何花落去，似曾相识燕归来"，"一场愁梦酒醒时，斜阳却照深深院"等等，也大致是这样的写法，这样的风格。

为了印证自己对晏殊其人其词的上述认知和评价，我对《珠玉词》全部作品进行了注释和讲解。所据版本为《全宋词》，并将《全宋词补辑》中的两首佚作收入。限于本人学术水平，同时也因时间匆忙，注释和讲解中的缺点错误在所难免，恳请词学专家及广大读者不吝批评指正。

刘扬忠

2000 年 8 月于北京

谒金门

秋露坠，滴尽楚兰红泪①。往事旧欢何限意，思量如梦寐②。　　人貌老于前岁，风月宛然无异。座有嘉宾尊有桂③，莫辞终夕醉④。

【注释】

　　①楚兰：即兰花。以《楚辞》中较早写及，故称。《楚辞·离骚》："余既滋兰之九畹兮，又树蕙之百亩。"红泪：旧题晋王嘉《拾遗记》载：魏文帝曹丕所爱美人薛灵芸辞别父母登车上路，以玉唾壶承泪，"既发常山，及至京师，壶中泪凝如血"。后因称妇女的眼泪为红泪。　②思量：想念。　③尊有桂：杯子里有桂花酒。尊，通"樽"。　④终夕：整夜。

【评析】

　　《谒金门》为词中小令，全篇四十五字，双片，前后片各四仄韵，每一句都押韵。原为唐教坊曲，调始见于《花间集》，一般用来抒写恋情与闲愁。晏殊此作，利用《花间》旧调，抒写一种及时行乐的旷达之情。

　　此词并不讲究什么精心构思，只从眼前景物闲闲起笔，引发出作者的无聊感怅之意。上片一开头，即以凄婉的笔触，写出作者对于时节变换的敏感：秋天的凉露坠下来了，一滴又一滴，悬在兰叶上，仿佛多愁善感的美人流淌着伤心的红泪。这两句，景中含情，情中有思。时序的迁移引起了主人公的"往事旧欢"之思，至有如尘如梦之感。三、四两句，既显示大晏之深于情，同时也反映出他理性的超拔：逝去的前事，旧时的欢娱，虽有无穷的意味，如今仔细思量，都如一场梦寐。言下之意是，既然往事旧欢不过是"梦寐"，何必老是沉溺于感伤和回忆中而不能自拔呢？词的下片，承此意脉，直写自己摆脱伤感之后的适应现实、且顾眼前的达观胸怀。过片两句，将"人貌"与"风月"对比，见出人生之短暂与自然之永恒。这是以自己的切身感受来证明追思往事旧欢之无益，不如超拔出感情的纠缠，从而充分享受眼前的欢乐。末两句，大声呼吁及时行乐、尽醉方休，点出全篇的主旨。相似的句子，屡见于大晏词中。如《清平乐》："暮去朝来即老，人生不饮何为"；又同调："劝君绿酒金杯，莫嫌丝管声催。兔走乌飞不住，人生几度三台"等。这些都是表现大晏参透"物理"之后的旷达之怀的。

破阵子

海上蟠桃易熟[①]，人间好月长圆。惟有
掰钗分钿侣[②]，离别常多会面难[③]。此情须问
天。　　蜡烛到明垂泪[④]，熏炉尽日生烟。一点
凄凉愁绝意，谩道秦筝有剩弦[⑤]。何曾为细传。

【注释】

①蟠桃：神话传说中的仙桃。汉王充《论衡·订
鬼》引《山海经》（今本《山海经》无）："沧海之中，
有度朔之山，上有大桃木，其屈蟠三千里。"《汉武帝
内传》谓西王母给汉武帝所食之仙桃"三千年一生实"。
这里反用其典。　　②掰（bāi）钗分钿侣：指分离的情
侣。语本唐白居易《长恨歌》："惟将旧物表深情，钿
合金钗寄将去。钗留一股合一扇，钗擘黄金合分钿。"
掰，分开。　　③"离别"句：即古人"别易会难"之
意。曹植《苦短篇》："别易会难，各尽杯觞。"
④"蜡烛"句：化用唐杜牧《赠别》诗："蜡烛有心还
惜别，替人垂泪到天明。"　　⑤谩道：空道，枉道。
秦筝：古代一种弦乐器，相传为秦人蒙恬所造，这里

用作弦乐器的代称。

【评析】

　　《破阵子》，一名《十拍子》，原为唐教坊曲。该曲为唐开国时所创大型武舞曲，此双调小令，当是截取舞曲中之一段而成。全篇六十二字，上下片皆三平韵。此调始见于晏殊《珠玉词》，作者用它来抒写爱情相思、描绘女性形象，以供歌妓当筵演唱。

　　本篇主旨，是写男女恋人分离之苦。这本是古诗词中烂熟的题材，在立意上很难出新。本篇的长处在于：选取有特定含义的意象对离情别恨进行映衬、烘托和渲染。上片选取神话传说之物与自然物象，以"蟠桃易熟"、"好月长圆"反衬离恨之深和再会之难。下片则就近取象，以相思者居室内的蜡烛"垂泪"、熏炉生烟（前者是通宵"垂泪"，后者是"尽日"生烟）来暗喻其无日无夜地伤心哭泣，这就更加形象、更加生动地烘托出抒情主人公的孤寂和悲苦。上片的"此情须问天"和下片结尾"谩道秦筝有剩弦，何曾为细传"，一翘首怨"天"，一低头怨"筝"，都是"无理而有情"的妙笔，使得怨情更加深挚、强烈和感动人。

破阵子

燕子欲归时节，高楼昨夜西风。求得人间成小会，试把金尊傍菊丛。歌长粉面红[①]。　　斜日更穿帘幕，微凉渐入梧桐。多少襟怀言不尽[②]，写向蛮笺曲调中[③]。此情千万重。

【注释】

①粉面红：指歌女因运气唱歌时间过长而致脸面发红。　②襟怀：情怀，指心里话。　③蛮笺：即蜀笺，唐代指四川地区所造的彩色花纸。又，唐代高丽纸的别称。

【评析】

这首小令，是秋日席间赠妓之作。全篇代歌妓述事言情，先写这位歌女对"时节"的感受，次写她在筵席上与情人"小会"的欢欣及她的即席演唱，最后写她与情人依依惜别的种种情状。平心而论，这首词在《珠玉词》中算不上最优秀之作，但它却反映出大晏词的主要内容和风格特色。从内容上看，它包括了大晏词中常见的三点：对时序迁移的感伤；饮酒赏歌的场面；曲终人散后的相思之情。从风格和表现手法上看，本篇更有一定的代表性。作者以清疏、闲淡和雅洁之笔来写柔情。上片首二句，写初秋景色，意境较疏朗。后三句写歌妓的心理和动作，人物形象十分具体而鲜明。下片写歌妓与情人之间的依依不舍之情，抒情气氛十分浓重。"多少襟怀"以下三句，为全篇的中心。这里写艳情而不涉于浅露庸俗，而能予人以深挚、高雅之感。叶嘉莹先生对此极为欣赏，她说：大晏正所谓"虽作艳语，终有品格"。此外，在动态描写中来层层推进地摹景、述事和言情，也是本篇的一大特色。上片首两句写景，其中，燕子欲振翅南飞，高楼上刮起了西风，即充满了动感。这是表示节序的变化。后三句，人间小会、菊丛举杯、唱歌而致脸色发红等等，无一不是动态。这些动态描写，凸现出了一个歌女的生动形象。过片两句，微凉侵梧桐、斜日穿帘幕，用自然物象之动态，见时光之流逝与感情之深入。末三句，当筵挥毫，蛮笺书词，更显恋情之绵长深厚。大晏的词，多以表现静态美见长，这一首却以动态美取胜。

破阵子

忆得去年今日，黄花已满东篱①。曾与玉人临小槛②，共折香英泛酒卮③。长条插鬓垂④。　人貌不应迁换，珍丛又睹芳菲⑤。重把一尊寻旧径，所惜光阴去似飞⑥。风飘露冷时。

【注释】

①"黄花"句：暗用晋陶渊明《饮酒》诗："采菊东篱下，悠然见南山。"黄花，指菊花。　②玉人：此指美女。唐元稹《莺莺传》："拂墙花影动，疑是玉人来。"　③香英：香花，这里指菊花。　④鬓垂：鬓边。　⑤珍丛：指花丛。芳菲：指花朵。　⑥惜：可惜，哀伤。

【评析】

唐圭璋先生总结双片词的十二种作法，其中第四种叫做"上昔下今"，也就是上片先忆写昔日情事，下片写今日情事（参见其《论词之作法》，《中国学报》

第一期，1943 年 1 月）。大晏此词，就是运用"上昔下今"之法，写胸中一段缠绵的相思之情。上片，睹秋日菊花而忆旧：去年今日，黄菊盛开，抒情主人公与那位"玉人"同临小槛，赏花饮酒，温情无限。最值得回忆的一个细节是：伊人摘下一枝香英，颤巍巍地插在发髻上。下片，"摄影镜头"摇向今年今日：人去园空，"我"枉自把杯徘徊于旧径，面对着像去年一样璀璨芳菲的菊丛，却只见风飘露冷，一片凄凉！"我"想象着此时身处异地的她，总不致因为光阴的流逝和时节的迁换而凋损美丽的容貌吧？词的叙事抒情显得娓娓动人，其奥妙就在于作者能抓住秋日自然环境中富有人文特征的情事（如饮酒赏菊）进行描绘和渲染，使之成为爱情相思的承载物，而予人以鲜明的印象。此外，以景结情，余韵悠长，也是本篇的一个艺术特点。

破阵子

　　湖上西风斜日，荷花落尽红英。金菊满丛珠颗细①，海燕辞巢翅羽轻②，年年岁岁情。　　美酒一杯新熟，高歌数阕堪听③。不向尊前同一醉，可奈光阴似水声，迢迢去未停④。

【注释】

　　①金菊：秋菊。这里既指花的颜色（菊色金黄），又指花的季节。《汉书·五行志上》："金，西方，万物既成，杀气之始也。"古人以西方为秋而主金。

　　②海燕：燕子的别称。古人认为燕子产于南方，渡海而至，故称海燕。辞巢：指燕子秋天离开北方飞回南方。

　　③数阕（què却）：几首曲子。阕，乐曲终了，故亦称乐曲一首为一阕，数首为数阕。　　④"可奈"两句：语意出于《论语·子罕》："子在川上曰：'逝者如斯夫！不舍昼夜。'"可奈，岂奈，怎奈。迢迢，遥远。

【评析】

词写秋日宴饮，借此表露作者感光阴易逝、倡及时行乐的情怀。采用词中最常见的上片写景、下片抒情的作法，但亦能显示作者自己的功力和特色。上片写景工丽。湖面，西风斜日，荷花尽凋，秋日大背景的勾画十分清晰而富有特征。"金菊"、"海燕"一联，对仗工稳而流丽，俨然一幅秋日园林的工笔图画——这也是下片写到的那一席菊花宴会的背景。歇拍"年年岁岁情"是对以上写景笔墨的一个收结，同时又是由景入情的一个转关——大自然的节序迁换是年年岁岁按时重复进行的，但今年此时，面对同样的自然风物，抒情主人公却别有一番感触了。于是下片自然转入抒情。过片两句，以对偶的形式写宴会情景。这是承上片歇拍的意脉而来——年年岁岁都举行这种饮酒赏菊听歌的聚会的。只不过，今天的宴会，词人别有兴会——他痛感光阴流逝似江河之奔向遥远而不肯稍停，于是决心抓住"当下"这宝贵的一刻，要大家同享欢乐，尽醉方休。"及时行乐"本是古诗词中无数作者歌咏过的陈词滥调，但经大晏结合眼前风物和他自己的"当下"心情来这么一强调，倒令人有了一点新鲜感。

破阵子

春景

　　燕子来时新社①，梨花落后清明。池上碧苔三四点，叶底黄鹂一两声。日长飞絮轻。　　巧笑东邻女伴②，采桑径里逢迎。疑怪昨宵春梦好③，元是今朝斗草赢④。笑从双脸生。

【注释】

　　①新社：古时祭祀土地神的日子分为春社、秋社，新社指春社，在立春后的第五个戊日。　②巧笑：笑得很美。语出《诗经·卫风·硕人》："巧笑倩兮，美目盼兮。"　③疑怪：难怪，怪不得。　④元是：原来是。斗草：又名斗百草，古代妇女春夏间采百草以较胜负的一种游戏。南朝梁宗懔《荆楚岁时记》："五月五日，四民并踏百草，又有斗百草之戏。"唐崔颢《王家少妇》诗："闲来斗百草，度日不成妆。"

【评析】

　　这首题为"春景"的小词，是宋代农村词中的名篇，也是晏殊《珠玉词》中一首颇为别致的作品。说它别致，是因为写惯了上层社会的生活和感情、笔端充满了"富贵气"的晏殊，竟能将审美的目光投向芳郊绿野，纯用白描之笔，绘出了鲜活生动的农村生活图景。其笔调之活泼，风格之朴实，境界之明净清丽，在大晏词中都是别具一格的。作者是从旁观者的角度来描绘他所见到的一切的，但从词中可以处处看到他本人对自然美和生活美的敏感与热情，对普通人的纯洁心灵的认同与亲和。一切都像是自然而然地从笔端流淌而出，丝毫没有文人式的做作和雕饰。全篇的中心场面是采桑径里年轻的村女们的欢笑斗乐，而美丽的春光则是这幅村女欢乐图的背景，于是词的上片先以清丽轻婉的笔触勾画背景。这是暮春接近初夏的时节：燕子忙，梨花落；暖湿之气渐升，池边因而初生碧苔；绿树已枝繁叶茂，藏在其中的黄莺儿不时传出一两声娇啼；白天渐渐长了，柳絮在日光下轻飞……在这美丽轻柔、春光融融的背景下，画面的主角登场了。作者具有小说家描写人物形象和故事情节的能力，词的下片对采桑女的欢笑交谈情状的摹写，真是绘影绘声，使读者如亲见其人其事，与作者一样同感其乐。全篇使人感受到极为充沛的青春欢乐气息，而不是像许多伤春悲秋的诗词作品那样，尽让人感受到愁苦和怅惘。

浣溪沙

阆苑瑶台风露秋①，整鬟凝思捧觥筹②。欲归临别强迟留。　月好谩成孤枕梦③，酒阑空得两眉愁④。此时情绪悔风流⑤。

【注释】

①阆（làng）苑、瑶台：都是神话中的仙境。《神仙传》："昆仑阆风苑有玉楼十二层，左瑶池，右翠水。"《拾遗记》谓：昆仑山第九层"傍有瑶台十二，各广千步，皆五色玉为台基"。　②鬟（huán）：古代妇女头上所挽的环形发髻。觥（gōng）筹：酒杯和行酒令记数之具。　③谩成：空成。　④酒阑（lán）：酒残，酒尽。　⑤悔风流：后悔当初与对方欢会。

【评析】

《浣溪沙》一调，源出唐教坊曲。为双调小令，四十二字，上下片均为三个七字句，上片三平韵，下片两平韵，过片两句多用对偶。别有《摊破浣溪沙》，又名《山花子》，是用《浣溪沙》上下片各增三字而成，韵全同。此调创自唐人，宋人发觉它宜于当筵填写（篇幅短小，句式整齐，构思来得快），用以抒发即兴式的心灵感触，遂大量使用。据统计，《浣溪沙》是宋代使用频率最高的一个词调，在现存两万余首宋词中多达775首。晏殊本人也是喜用此调的一个作者，在现存《珠玉词》中，《浣溪沙》多达十三首，几占总数的十分之一。本篇则是利用此调短小、精美而整齐的形式，来追思和怀念一个恋人。

　　全词用"上昔下今"（参见前面《破阵子》[忆得去年今日]的评析）的章法写成。晏殊写男女恋情，笔致雅洁，不涉淫亵。即如本篇所写的恋爱对象，无非是一位歌妓或家姬，但词中却把她写成仿佛神仙中人。上片忆写当初的恋情，而言相会之地为"瑶台阆苑"，足见词人心目中"她"具有极高的地位；写其风姿神态而曰"凝思整鬟"，足见其人庄重，虽在为词人"捧觞筹"，实可望而不可即。下片极写词人月夜孤眠、怀念伊人的凄苦和寂寞之状，笔调哀婉，饶有情致。末句直抒胸臆，作决绝语，尤觉深挚感人。

浣溪沙

三月和风满上林①，牡丹妖艳直千金②。恼人天气又春阴。　为我转回红脸面，向谁分付紫檀心③。有情须媂酒杯深④。

【注释】

①和风：指和暖的春风。上林：秦汉时皇家园林名，秦和西汉的上林苑在今陕西西安、周至、户县一带，东汉的上林苑在今河南洛阳市东。这里借指北宋都城汴京（今属河南开封）的皇家园林。　②"牡丹"句：语本唐罗邺《春日偶题城南韦曲》诗："韦曲城南锦绣堆，千金不惜买花栽。"直，通"值"。值千金，极言花之贵重。　③紫檀心：犹言"芳心"。紫檀为檀香之一种，紫檀心指女子的芳心。　④媂（tì）：沉湎，这里指病酒，困酒。

【评析】

此词歌咏京城汴京春末时节盛开的牡丹花。上片先泛写阳春三月京城皇家园囿的和暖风光和在此环境中妖艳的牡丹怒放花朵之状，用语俗白，造境一般化，并无什么生动感人之处。下片改用拟人化手法描摹牡丹花的形与神，顿使全篇的形象和意境活了起来。在这幅画面上，花儿不再是无知觉、无情感的植物，而成了顾盼生姿的红颜佳丽，成了想和人交"心"的美女。牡丹的多情多姿，值得词人花前持酒观赏，痛饮至醉……此词主旨，也可理解为以牡丹为喻，歌颂京城一位名妓。

浣溪沙

青杏园林煮酒香①，佳人初试薄罗裳。柳丝无力燕飞忙。　乍雨乍晴花自落②，闲愁闲闷日偏长③。为谁消瘦减容光④。

【注释】

①"青杏"句：古人喜欢在春末夏初时以青梅、青杏煮酒，取其新酸开胃。　②乍：忽，忽然。③偏：表示程度的副词，相当于文言的"甚"、"颇"，白话的"很"、"最"。　④"为谁"句：化用唐元稹《莺莺传》中莺莺诗："自从消瘦减容光，万转千回懒下床。"

【评析】

本篇写一位闺阁女子在春末夏初时节的闲愁幽恨。谋篇布局采用的是上片写景、下片言情的章法。上片，先写春夏交替时的风光和人事：天气开始燠热了，讲究按时节更换饮食口味的有钱人家在园林中采摘青杏煮酒来品尝，以求开胃醒神；闺中女子褪去春衫，换上了薄罗做成的凉爽夏衣；在烈日照射下，长长的柳条无力地下垂，园林静悄悄地，只有燕子衔泥垒巢，飞来飞去十分繁忙。这一系列描写，并非闲笔，作者的意图是写出那位"佳人"之所以产生"闲愁闲闷"的特定环境。下片表现的，即是这天乍热、日初长的环境中幽居于庭院的女子所产生的幽情暗恨。此词章法和用语并无出奇之处，但由于作者善于观察和描写有特征的物态人情，便成功地表现出了特定环境中人物的特定心理和情感。

浣溪沙

一曲新词酒一杯，去年天气旧亭台[①]。夕阳西下几时回。　　无可奈何花落去，似曾相识燕归来[②]。小园香径独徘徊[③]。

【注释】

①"去年"句：感今怀旧，意思是说天气、亭台仍和去年一样。语本唐郑谷《和知己秋日伤怀》诗："流水歌声共不回，去年天气旧池台。"　　②"无可奈何"二句：写眼前景物，花落去而燕归来，加倍表现伤春的情怀。作者自己很欣赏这一联，在其七律诗《示张寺丞王校勘》中直接用为颈联。　　③香径：满是花香的小路。

【评析】

这首《浣溪沙》不单是晏殊的代表作，而且也是宋词发展史上脍炙人口、家喻户晓的名篇之一。其实它的主题思想很简单，也很常见，无非是抒写对于时光流逝的惆怅和对于春光美景不能常驻人间的惋惜之情。它的题材内容和抒写手段更是司空见惯、平平无奇。词的上片，无非泛泛描写当时一般官僚士大夫春日赏景的生活场面，即景生情，感叹天气、园圃亭台一如去年，而物是人非，时乎不再来；下片则专写词人在这一环境中的惆怅、失落之感和悼惜春光美景之情。它之所以能打动人心，传诵千古，主要在于以下两点：一是词人善于以理节情，所抒写的感伤情绪并不是很浓重，不致使人颓丧，其中融入了对宇宙和人生的哲理性思索，创造出了情中有思的悠远意境，渗透了一种澄澈圆融的理性观照，思想内蕴深厚，读起来耐人寻味。二是它的"名句效应"。过片的"无可奈何花落去，似曾相识燕归来"一联，其造语之工丽、意致之缠绵和音调之谐婉，已为千年以来各个不同时代的评论家和普通读者所一致公认，以致大家都认为：词就应该这么写才能称得上是词。其实这一联名句之所以获得好评，除了造语工丽、奇巧之外，更重要的原因是它情中有思，富于理趣，准确而透彻地传达出了人们对于美好人生、美好事物和宇宙意识的某种共通的感受，因而它能引起不同时代的读者的广泛共鸣。

浣溪沙

红蓼花香夹岸稠①，绿波春水向东流。小船轻舫好追游②。　渔父酒醒重拨棹③，鸳鸯飞去却回头。一杯销尽两眉愁④。

【注释】

①红蓼（liǎo）：草本植物，又称水蓼，叶呈针形，花色淡红。稠：多而繁密。　②舫（fǎng）：船。③棹（zhào）：划船的一种工具，形状和桨差不多。④"一杯"句：意出曹操《短歌行》："何以解忧，惟有杜康。"

【评析】

晏殊的词，多半是抒写男女恋情和他作为达官贵人所体验的富贵生活、闲愁轻恨，因而词中所经常出现的多是歌筵酒席、庭院回廊、园圃亭台、柳径花丛等场面。这一首却别开生面地描写春江的美景和渔父的生涯，予人以清新俊爽之感。上片写春江泛舟游赏，造境明丽，情调欢快。词人写道：红蓼盛开，香溢两岸，绿波春水，滚滚东流，人们坐着小船，在江上欢快地追逐，尽情游赏。这是作者将自己暂离尘世、复归自然的闲雅之趣，寄托在他所描画的自然景观之中了。下片则专写江上渔父的生活：此时渔父酒醒，又再划桨前行；水面鸳鸯被惊飞去，却频频回首像是和渔父打招呼。渔父再次举杯饮酒，销尽了两眉凝结的愁云……全篇表现了一个高级文人的闲雅风度，所谓渔父，其实是作者按自己的精神模式虚构的抒情形象。

浣溪沙

　　淡淡梳妆薄薄衣，天仙模样好容仪①。旧欢前事入颦眉②。　　闲役梦魂孤烛暗③，恨无消息画帘垂。且留双泪说相思。

【注释】

　　①容仪：容貌和仪态。　②颦（pín）眉：紧皱的眉头，愁眉。　③闲役梦魂：空劳梦魂。语出五代前蜀韦庄《应天长》词："碧天云，无定处，空有梦魂来去。"役，驱使。

【评析】

　　此词写一位闺中女子的相思之情。上片开头两句，描绘这位女子素雅姣美的容貌。近代词学家吴梅先生斥责这两句"庸劣可鄙"（《词学通论》），实在有些过头了。平心而论，这两句是俚俗和一般化了一点，但毕竟不属恶俗淫邪之语，《花间集》中此类句子不少，似不可一概以"庸劣"目之。接下来第三句"旧欢前事入颦眉"，文意陡转，由写容貌逆入，写女子的心——

忆旧、怨别。下片承此而来,具体描写闺中人的幽情暗恨。过片两句,以工丽的对偶,描画出伊人的孤寂痛苦之状,情致哀婉,意境颇佳。以"孤烛"、"画帘"为映衬,愈显出女主人公心境之凄黯与寂寞。末句以心灵独白作结,立意极为巧妙——我姑且忍着这两行珠泪,留待与他重逢时再流出来,那时我再尽情倾诉满腹的相思!这样写,深化了词的意境,将全篇的抒情推向了顶点。

浣溪沙

小阁重帘有燕过[①]，晚花红片落庭莎[②]。曲阑干影入凉波。　一霎好风生翠幕[③]，几回疏雨滴圆荷[④]。酒醒人散得愁多。

【注释】

①过（guō）：飞过。过读平声。　②晚花：春晚的花。红片：落花的花瓣。庭莎（suō）：庭院里所生的莎草。莎草为草本植物，叶条形，有光泽，夏季开黄褐色小花。　③一霎（shà）：一会儿，一阵子。④"几回"句：指一日之间好几次下雨，雨点打在圆圆的荷叶上。此句化用五代孙光宪《思帝乡》词："看尽满池疏雨打团荷。"

【评析】

此词写初夏庭院池阁的小景及人在其中生活的感受，颇有闲雅幽洁之趣。作者绝不刻意经营布局，也不施以勾勒和雕琢，只以眼前所见，信手撷取入词，将诸多有特征的景物组合成一幅天趣盎然、清气四溢的园林风景图画。全篇充满动感,是以动景为主来构图造境的。起句,写燕飞过帘。次句,写花落于庭。第三句,写阑影入池。句句是动景,遂使画面摇曳生姿,流而不板。下片亦动态相接,连绵不断。过片两句,写风生翠幕,写雨打圆荷,将读者的视觉和听觉都给调动起来,同作者一起欣赏这生气勃勃的景致。末句方才写到人,补写出池阁酒筵,与酒阑人散后词人的愁情。却原来,以上的一连串动景的描写,都是为了反衬盛宴之后词人的空寂无聊的心境。

浣溪沙

宿酒才醒厌玉卮^①，水沉香冷懒熏衣^②。早梅先绽日边枝。　　寒雪寂寥初散后，春风悠飏欲来时。小屏闲放画帘垂。

【注释】

①宿酒：隔夜犹存的酒醉。玉卮（zhī）：玉制的酒杯。　②水沉香：香名，用沉香木之心材所制，又名沉香，沉水香。《梁书·林邑国传》："沉木者，土人斫断之，积以岁年，朽烂而心节独在，置水中则沉，故名沉香。"

【评析】

本篇叙写晏殊这位富贵闲人在冬末时节的生活感受。其情感内容虽无什么可以称道之处，但全篇写景明丽，叙事细致，抒情安雅，且能融人事、天时和自然景物为一体而营造出词境，颇见作者娴熟老到的艺术功力。此词不事描头画角，只像作者一贯的做法那样，从眼前景、身边事闲闲起笔，信手拈来，组织成篇。词中用字造语均极寻常，并无任何惊人之语和奇警之句，但处处尽合分寸，通篇浑成完好，且具有深约之美。比如开头两句，写冬日隔夜酒醒时特殊的生理、心理感受，就写得十分细致和微妙：酒而曰"宿"，则知是昨夜醉倒；醒而曰"才"，则知是酒困初解；因此遂厌再饮；继而因病酒而畏寒，故以"香冷"示天寒；因初醒而感倦，故以"懒熏衣"示身倦。十四个字包孕如此多的内容，足见作者语言艺术之高超。

浣溪沙

绿叶红花媚晓烟，黄蜂金蕊欲披莲[①]。水风深处懒回船。　　可惜异香珠箔外[②]，不辞清唱玉尊前。使星归觐九重天[③]。

【注释】

①欲披莲：含苞欲放的莲花。披，绽裂，指莲花瓣开。　②珠箔：即珠帘，用珍珠缀饰的帘子。③"使星"句：使星，即天节星。《宋史·天文志四》："天节八星，在毕、附耳南，主使臣持节宣威四方。"因称皇帝使者为"使星"。觐（jìn）：朝见。九重天：指宫廷。《楚辞·九辩》："君之门以九重。"

【评析】

这是一首官场赠别词。晏殊一生曾几度离京外任州郡长官。玩词中语意，此词当是他担任某一州府长官时，送别一位朝廷派来的使官之作。此词应是在饯别的筵席上对客挥毫，让歌妓即席演唱给被送者听的，所以应酬色彩很浓，所写的都是当筵的情景和人事。

上片写送行之地的场景：节令是初夏，时间是早晨，地点是水边码头。这里水面上风荷连绵，红绿相间，黄蜂飞舞，却原来荷花初露金蕊，就要绽开花瓣了。在晓烟迷茫的水面上，供行人乘坐的船只迟迟不傍岸，一个"懒"字，似是在写船只和船夫，却道出了词人对朝廷使官的依依不舍之情。下片接写筵席上的情景，并点出送行的题旨。全篇章法井然，并深合赠别之体。

浣溪沙

　　湖上西风急暮蝉，夜来清露湿红莲。少留归骑促歌筵①。　　为别莫辞金盏酒②，入朝须近玉炉烟③。不知重会是何年。

【注释】

　　①少留：片刻停留，稍作停留。归骑（jì）：指将归之人。骑，一人一马的合称。促：就，近。陶渊明《停云》诗："安得促席，说彼平生。"　　②金盏：华美的酒杯。　　③玉炉：指朝廷、宫殿的香炉。旧称帝都为玉京，朝廷、宫室为玉台，帝王用的香炉因亦称玉炉。

【评析】

　　和前一首《浣溪沙》（绿叶红花媚晓烟）一样，此词也是晏殊在外州郡任职时送人回朝的应酬之作。但将二作相较，则发觉它们之间有三点不同：一、前者节令是初夏，时间是清晨，而本篇节令是初秋，时间是晚上；二、前者归朝人是乘船走水路，本篇归朝人是骑马走陆路；三、前者归朝人与作者可能只是一般关系，因而词中多一般的应酬语而少见带感情的话，而本篇归朝人则显然是作者的友人，因而词中充满了依依惜别的语言。这三点不同，决定了二词意境不同，风格不同，情感深度也大不一样。比如开头两句写景，前一首写水面夏日晨景，场面华丽而热闹，那目的显然是为了映衬出饯别一位朝廷使官的宴会之够规格、够气派、够体面；而本篇写湖边秋夜景色，气氛幽悄而凄清，则不单是点明季节和时间，更为了烘托主、客之间依依惜别的气氛。又如同是在词的结尾交代客人的身份和去向，前一首仅仅是简单的一句恭维话："使星归觐九重天"；而本篇则满含关切和惆怅地说："入朝须近玉炉烟，不知重会是何年"，既为友人得入朝随侍君王而高兴，又因此别之后不知何时重逢而无限感伤。所有这些，决定了前者属于应酬性质的作品，而本篇则显然是自抒真情实感之作。赵尊岳先生认为，这是晏殊本人外任南京（今河南商丘）将奉调归东京（今河南开封）时留别当地友人之作，词中"少留归骑"和即将"入朝"者就是晏殊自己（参见赵尊岳《〈珠玉词〉选评》，载《词学》第七辑，华东师范大学出版社 1989 年版）。此解亦通。

浣溪沙

杨柳阴中驻彩旌^①，芰荷香里劝金觥^②。小词流入管弦声。　　只有醉吟宽别恨，不须朝暮促归程。雨条烟叶系人情^③。

【注释】

①彩旌：彩色的车旗。这里代指车。　　②芰（jì）荷：荷花。觥（gōng）：用兽角做的一种饮酒器皿，这里指酒杯。　　③雨条：形如雨线的柳条。烟叶：浓密如烟云的树叶。

【评析】

与前面两首《浣溪沙》一样，本篇也是赠别之作。但前两首都可断定为作者任外州郡长官时送人归朝之作，本篇则词中行者、居者的身份与去向都无法确定，创作的时、地也无从推知，仅从"杨柳阴中驻彩旌"一句可以推知，交际的双方大约都是官场中人，一方要走，另一方在郊外设宴相送、作词相赠而已。在写法上，与前两首不同的是，本篇并不遵循"上景下情"

的常格，也不分先景物、次人事、后情感的层次，而是将景、事、情融合在一起来抒写，最后缴足"惜别"的题旨。杨柳为古诗词中赠别、惜别的象征物，本篇即用之作为贯穿首尾的抒情线索。开篇即写在杨柳阴中暂驻车马，中间铺叙杨柳阴中开设的饯别酒筵，以及筵上的感情交流；末尾移情于杨柳的"雨条烟叶"，使之成了离愁别恨的负载物。这样写，不但形象生动，而且含蕴无穷，耐人寻味。

浣溪沙

　　一向年光有限身①，等闲离别易销魂②。酒筵歌席莫辞频③。　　满目山河空念远，落花风雨更伤春。不如怜取眼前人④。

【注释】

　　①一向：即一晌（shǎng），片刻、片时之意。有限身：有限的身命。　　②等闲：随便，轻易。销魂：伤神，愁苦。　　③莫辞频：不要嫌酒筵歌席太频繁。　　④"不如"句：化用唐元稹《会真记》中莺莺诗："还将旧来意，怜取眼前人。"怜，爱。此句又见作者《木兰花》词："不如怜取眼前人，免更劳魂兼役梦。"

【评析】

　　本篇也是《珠玉词》中的名作，其传诵之广远，几乎可与同调名的"一曲新词酒一杯"一阕相比美。词的主旨，不过是伤别念远，叹时光之有限，主张及时行乐。表现手法也很简单，取眼前景物人事，以排遣愁怀。首句，叹年光有限；次句，言离别伤神；第三句，直言以酒自遣，及时行乐；过片两句承"离别销魂"而来，发抒其特大特深的宇宙人生之感慨。末句忽作转语，主张：与其徒劳无益地伤离念远，不如怜取眼前，取乐于当下。这首词之所以能够打动人心，引起千年以来众多读者的共鸣，主要原因在于它"情中有思"，在寻常感情的抒写中表现了对于宇宙人生的哲理性的体悟。试看词中虽然叹人生之有限，伤春光之短暂，恨情人之远离，但却不一味地沉溺于感伤与愁苦之中，而是善于自我排遣，跳出愁城，对人生进行一种理性的节制和反省；在认识到一味"念远"、"伤春"之徒劳无益以后，词人转而采取旷达超脱的人生态度，做出了"不如怜取眼前人"的理性的选择。诚如叶嘉莹所指出的："至于'不如怜取眼前人'一句，它所使人想到的也不仅仅是'眼前'一个'人'而已，而是所该珍惜把握的现在的一切。"（《大晏词的欣赏》）本篇所借以打动人心的，主要就是这种既实在又超脱、既认真却不拘执的人生态度。这样的人生态度，是不该被定性为什么"消极思想"的。

浣溪沙

　　玉椀冰寒滴露华①，粉融香雪透轻纱②。晚来妆面胜荷花③。　　鬌鬌欲迎眉际月④，酒红初上脸边霞。一场春梦日西斜。

【注释】

　　①"玉椀"句：古时富贵人家冬天把冰块藏于地窖中，夏天取用，以消暑气。椀，同碗。　　②香雪：指女子洁白的肌肤。　　③妆面胜荷花：用李白《西施》诗："秀色掩今古，荷花羞玉颜。"　　④鬌鬌（duǒ）：鬌发下垂。眉际月：指额黄（古时女子以黄粉涂额成月形）。

【评析】

　　此词描绘一个美女的形象，设色敷彩十分浓艳，与大晏词中常见的淡雅清朗的主色调很不相同。作者着重描写的是美人的容貌、体态和妆饰，所以施红着绿，镶金嵌玉，整个画面呈现出"花间"派风格的五彩斑斓之美。词的上片，写夏日黄昏，女子晚妆初罢的情景。首两句，以玉椀寒冰为映衬，愈发显得女子肌肤莹洁芬芳。第三句以荷花喻其浓妆之后脸面的娇美。下片写女子微醉的情态。过片两句，以对偶的形式勾画醉态，眉弯似月，酒晕如霞，丽极、艳极！但丽而不腻，艳而不俗，分寸极好。末句"一场春梦日西斜"，意略同于作者《踏莎行》词结尾的"一场愁梦酒醒时，斜阳却照深深院"，是感叹时光流逝，好景不长。这是作者的感叹，还是词中女子的自叹？读者自去领会。

更漏子

　　蕣华浓①，山翠浅②，一寸秋波如剪③。红日永④，绮筵开⑤，暗随仙驭来⑥。　　遏云声⑦。回雪袖⑧，占断晓莺春柳⑨。才送目，又颦眉⑩，此情谁得知。

【注释】

　　①蕣（shùn）华：木槿花，夏秋开花，有红、白、紫等多种，朝开暮敛。用以形容女子容颜。《诗·郑风·有女同车》："有女同车，颜如蕣华。"　　②山翠浅：形容女子黛眉浅淡如远山。　　③秋波：指女子清澈明亮的眼睛。如剪：比喻目光敏锐。　　④永：长，久。　　⑤绮筵：华美的筵席。　　⑥仙驭：本指仙人所乘的白鹤，这里指侍女。　　⑦遏（è）云：比喻歌声美妙。《列子·汤问》载：歌唱家秦青"抚节悲歌，声振林木，响遏行云"。　　⑧回雪袖：舞动袖子，有如雪花飘拂。语本曹植《洛神赋》："飘飖兮若流风之回雪。"　　⑨晓莺：喻歌声清脆圆转。春柳：喻舞姿轻盈婀娜。　　⑩颦眉：皱眉头。

【评析】

《更漏子》又名《付金钗》《无漏子》《独倚楼》《翻翠袖》，为四十六字的双调小令，上片两仄韵、两平韵，下片三仄韵、两平韵。此调见《花间集》，始于晚唐温庭筠，极有可能是他的创调。温词中用此调来描写闺中思妇的怨情。晏殊词中有四首《更漏子》，题材稍见扩大，场面描写也从闺中扩展到户外。

本篇写一位能歌善舞的妓女。一上来的三句，用比体描绘她娇美的容颜，宛如一幅美女肖像图。颜如薤华，眉似翠山，眼含秋水，这三个比喻都不是作者的发明创造，而是古诗文中形容美人的陈词滥调，但经作者加以组接点化，却也给人以赏心悦目的美感。"红日"三句转入叙事，说是今日此地举行盛大宴会，这位歌妓在晏府侍女的引领下，悄然来到筵前，准备表演节目以助兴。下片则专写这位歌妓在筵席上的表演，而其描写又分为两个层次。过片三句，写此女精彩的歌舞技能。歌声遏云，舞袖回雪，歌声圆转清脆如莺啼，舞姿轻盈婀娜似春柳，这四组意象，也属前人多次用过的，未能给人以新鲜感。唯后一个层次，写此女在筵上强作欢乐的复杂心态，算是本篇中的一点创新。凡此类词，皆为欢场即席应歌之作，所写人物和情事多是类型化、普泛化的。大晏词中颇多此种平庸之作，这是当时社会风气和文化娱乐习尚所决定的，实在怨不得词人。

更漏子

塞鸿高①，仙露满②，秋入银河清浅。逢好客，且开眉，盛年能几时。　　宝筝调，罗袖软，拍碎画堂檀板。须尽醉，莫推辞，人生多别离。

【注释】

①塞鸿：边塞飞来的鸿雁。南朝宋鲍照《代陈思王京洛篇》："春吹回白日，霜歌落塞鸿。"　　②仙露：秋天露水的美称。汉武帝曾以铜铸仙人擎盘承接天上降下的甘露，以露和玉屑服之，以为这样可以成仙。故称露水为仙露。

【评析】

此词整个儿是一幅达官贵人的及时行乐图。晏殊一生，官场得意，位居宰辅，人臣之贵已极，古代读书人所追求的东西，他都得到了。但得意之余，也有遗憾和不满足，这就是：时光之流逝、人生之有限和亲朋之别离，这对任何人（不管他是官僚还是平民、富人还是穷人）都是一样的，作为高官显贵的他也必须面对这些问题，做出自己的答案。于是他选择了"及时一杯酒"，选择了"得意时须尽欢"。本篇即是对这种人生选择的形象化表现。上片的"盛年能几时"和下片结尾"须尽醉，莫推辞，人生多别离"，是本篇主旨所在。为表现这一主旨，作者大笔挥洒，描画出了秋高气爽的夜景中一个歌舞助兴的酒席场面。这样的感叹和这样的场面描写我们并不陌生，大晏词中多处可以见到。只因本篇的造境不免一般化，且抒情过于直露而少含蓄，所以未能给予读者以深刻的印象。

更漏子

　　雪藏梅，烟著柳①，依约上春时候②。初送雁，欲闻莺，绿池波浪生。　　探花开③，留客醉，忆得去年情味。金盏酒，玉炉香，任他红日长。

【注释】

　　①"雪藏梅"二句：语本唐马怀素《正月七日宴大明殿》诗："就暖风光偏着柳，辞寒雪影半藏梅。"著，同着，附着。　　②依约：依稀，仿佛。上春：农历正月。《初学记》卷三梁元帝《纂要》："正月孟春，亦曰……上春。"也泛指初春时节。南朝梁江淹《别赋》："珠与玉兮艳暮秋，罗与绮兮娇上春。"　　③探花开：唐代新科进士在长安曲江杏园举行宴会，称探花宴。这里泛指宴会。

【评析】

　　本篇写初春时节感发的忆旧怀人之思。作者的触觉十分敏锐，写情十分细致而绵长。上片，先从细小的节物变化写起，展示了腊尽春回、阳气初生之际的优美自然景色。暖气初动，其明显标志就是雪里梅花开放、柳枝绽芽含烟；这一新景致，昭示初春时节到来了。作者放眼望去，发现春意继续萌动，逐渐遍及诸物。一"初"一"欲"，见禽鸟之感春才刚刚开始。继言春水已"生"，则春色已渐渐分明了。可见作者体物描景，文心极细。下片写作者感春忆旧之情。这是由今而忆昔：初春景色是如此美好，作者设宴赏景，留客共醉，不觉回忆起"去年"此时的情事，心中怅然。风景不殊，而人事已非，怎不令人慨叹！如何开释这满怀的惆怅呢？作者以富于理性的思索回答道：我惟有在玉炉香中举起金盏酒，且寻眼下的快乐，以驱除胸中的无聊之感，任他窗外红日自长吧！此词表现的，是典型的大晏风度和大晏情调。他就是如此善于以理节情，排忧适性，自我解脱，以跻身于旷达的人生境界的。

更漏子

菊花残，梨叶堕，可惜良辰虚过。新酒熟，绮筵开，不辞红玉杯。　蜀弦高①，羌管脆②，慢飐舞娥香袂③。君莫笑，醉乡人④，熙熙长似春⑤。

【注释】

①蜀弦：《古今乐录》："张永《元嘉技录》有四弦一曲，蜀国四弦是也。居相和之末，三调之首。"唐张祜《送杨秀才游蜀》诗："旧俗巴渝舞，新声蜀国弦。"这里用蜀弦泛指弦乐器。　②羌管：羌笛。笛起于羌人中，故称羌笛或羌管。汉马融《长笛赋》："近世双笛从羌起。"　③飐（zhǎn）：风吹物颤。这里指舞袖飘动。　④醉乡人：沉溺于酒醉状态的人。⑤熙熙：和乐的样子。

【评析】

本篇借写秋日酒宴，感叹良辰易逝，主张及时行乐，尽醉方休。这一抒情主题与前篇（雪藏梅）相近，但前篇有典型环境的精彩描写，有细致绵长的感情抒发，更有以理节情、旷达开朗的境界升华，而本篇则笔墨较粗疏，述事造境较草率，未能做到情景交融，整体上让人感到意境凡近，情感过于直露而少含蓄之味，且未臻旷达而是流于颓唐。因此，前一篇堪称优秀之作，而本篇则是可有可无的平庸之作，甚至是大可不必留存的失败之作。之所以如此，是因为本篇纯属应歌之作，作者为文造情，势必无暇去作认真的艺术构思，只能草草完篇以供演唱。

点绛唇

　　露下风高，井梧宫簟生秋意①。画堂筵
启，一曲呈珠缀②。　　天外行云，欲去凝香
袂。炉烟起，断肠声里，敛尽双蛾翠③。

【注释】

　　①井梧：天井里的梧桐树。宫簟（diàn）：宫中所
用凉席，此用以作为凉席之美称。　　②珠缀：形容歌
声美妙，累累如一串珍珠。　　③敛：皱眉头。双蛾：
双眉。

【评析】

　　《点绛唇》为四十一字双调小令，调始见于南唐冯
延巳《阳春集》。短短一调中，三、四、五、七字句
错落相间，上片押三仄韵，下片押四仄韵，音律铿锵
优美，便于抒写内心幽曲宛转之情。本篇借此调描写
一位歌女，把她从形貌到歌声到内心感情整个儿都给
写出来了。上片由时令（秋天）叙及唱歌的场所（画
堂筵席），然后写到歌女清圆宛转的歌声。形容歌声，

虽是用前人"声如贯珠"的旧套，但略改为"呈珠缀"（像珍珠一样连缀不绝），便予人以袭旧弥新之感。如果说，上片还仅仅是一般化和类型化的描写，那么下片则是向深处用笔，十分认真地代歌女写心和言情了。过片两句，承上片而来，变化运用"响遏行云"的典故，形容歌声之美妙。结尾三句，突起新意，写歌女因刚才的歌词而有所感，遂自伤身世，双眉紧皱，哀情毕现。短短一首小令，由筵及歌，由歌及人，由人之外貌及于内心，新境迭出，极摹景、叙事、写人之能事，可见作者艺术概括力之高。

凤衔杯

青蘋昨夜秋风起①，无限个、露莲相倚。独凭朱栏、愁望晴天际。空目断、遥山翠。　彩笺长，锦书细②。谁信道、两情难寄③。可惜良辰好景、欢娱地，只恁空憔悴④。

【注释】

①"青蘋"句：语出战国楚宋玉《风赋》："夫风生于地，起于青蘋之末。"青蘋，水萍之大者。　②锦书：据《晋书》卷九十六《窦滔妻苏氏传》：前秦时窦滔为秦州刺史，被流放到流沙，其妻苏氏思之，"织锦为回文旋图诗以赠滔，宛转循环以读之，词甚凄婉，凡八百四十字"。后因称妻子寄丈夫的书信为锦书或锦字。③谁信道：谁料到。　④恁（nèn）：这样，如此。

【评析】

《凤衔杯》为双调小令，有平韵、仄韵两体，均见于晏殊《珠玉词》（另，与晏殊同时的柳永《乐章集》中有同调添字体一种），很可能是北宋初期的创调。仄韵体即本篇，双调，五十六字，上片四句四仄韵，下片五句四仄韵。上片第三句与下片第四句俱为九字句，虽中间用"、"表示短暂停顿，读时须连绵不断。平韵体即下面两首（留花不住怨花飞、柳条花颣恼青春），其字句韵数均与仄韵体相同，唯押平韵异。

本篇写初秋时节萌发的怀人念远之情，题材内容并无什么新颖之处，从章法上看，也无非是上景下情，由景及情，属于词中最常见的格式。但它在立意和造境上却多少有些创新。粗看之，上片写景，不曾说到怀人；下片写怀人之思，又与景似无关涉，全篇似未做到情景交融。细细寻绎，方知一篇之眼在上片歇拍的"空目断、遥山翠"一句上——这是交融情景、揭示景中之情的一个关捩。"遥山翠"，是景色；"目断"，是怀人念远；"空"则表明相思之无益，内心之失落也。在表情达意上，本篇还有一个打破常规的作法。一般词作写相思时，都爱说音尘隔绝、书信不通，以示恋情之深；本篇却说："彩笺长，锦书细。谁信道、两情难寄"，言下之意是：音信虽然可通，但远远不如重新欢聚。这是深入一层的写法，它将离情别恨之深充分地揭示出来了。

凤衔杯

　　留花不住怨花飞，向南园、情绪依依。可惜倒红斜白、一枝枝。经宿雨、又离披①。　　凭朱槛，把金卮。对芳丛、惆怅多时。何况旧欢新恨、阻心期②。空满眼、是相思。

【注释】

　　①离披：零落散乱的样子。指花朵凋谢。　　②心期：心愿。

【评析】

　　这首平韵《凤衔杯》，与前面一首仄韵同调词一样，抒写的是相思怨别之情。然而两首明显不同的是：前一首由高旷的秋景感发而抒情，境界较为凄清，风格亦较疏朗；这一首由春日的落花起兴，形象较为鲜明而富象征性，景物与情感始终融为一体，故情调更哀婉缠绵，风格更柔丽。上片一开始就在写景中融入了伤春之怀。见花落而伤心，"怨"声连绵，如泣如诉，依依惜花的情态宛然可见。"可惜"、"经宿雨"两句，以重笔铺写"南园"雨后花残叶败的惨状。一"倒"一"斜"，一"经"一"又"，字字准确地勾画出春暮花落的景象，又冠以"可惜"二字，整个自然景观就灌满了人的感情，从而成了下片"满眼相思"、"旧欢新恨"的象征和触媒。有了上片的这些铺垫作为基础，下片的情感抒发就自然而流畅，有水到渠成之快。"凭朱槛"两句，呼应"向南园、情绪依依"；"对芳丛、惆怅多时"则呼应"可惜"、"经宿雨"两句。结尾的两句，则是点明"情绪依依"和"惆怅多时"的具体内容，托出一篇之主旨：伤春怀人。

凤衔杯

柳条花颣恼青春①，更那堪、飞絮纷纷。一曲细丝清脆、倚朱唇。斟绿酒、掩红巾。追往事，惜芳辰。暂时间、留住行云②。端的自家心下、眼中人③。到处里、觉尖新④。

【注释】

①花颣（lèi）：花蕊。颣，本意为丝之节。　②行云：指情人。语本宋玉《高唐赋序》："妾在巫山之阳，高丘之阻，旦为朝云，暮为行雨，朝朝暮暮，阳台之下。"　③端的：确实，到底。　④尖新：别致新颖。

【评析】

这是一首赠妓词，它着意描写的，是一位妙龄乐妓青春的苦闷和骚动、她在春日得到的短暂的爱情及因此而产生的烦恼、失落之感。词以逆叙的方法结构成篇：上片先写女主人公的"恼青春"之情态和心绪，下片交代这种烦恼、失落的来由——为刚刚得到就迅速失去的一段恋情而怅惘。上片一开头的两句，即以春日花柳飞絮起兴（实是兴而兼比），道出此女春日的心灵骚动和烦恼。"一曲"句点明她的身份（吹笛的乐妓）和当筵献艺引起词人注意的情况。歇拍两句，含蓄地写出她内心的痛苦——"掩红巾"者，偷拭泪痕也。下片则写"掩红巾"之由：她的泪水，因"追往事，惜芳辰"而起。这"往事"就是：她曾与一位可意郎君"暂时间"相恋，那位郎君是她心中追求已久的理想恋人！此词艳而雅，叙事抒情清婉含蓄。

清平乐

春花秋草，只是催人老①。总把千山眉黛扫，未抵别愁多少②。　　劝君绿酒金杯，莫嫌丝管声催。兔走乌飞不住③，人生几度三台④。

【注释】

①只是：总是，尽是。　②"总把"二句：化用唐李商隐《代赠》诗："总把春山扫眉黛，不知供得几多愁。"总，纵然，即使。　③兔走乌飞：指时光飞逝。兔，代指月亮。乌，代指太阳。　④三台：本为星座名，代指崇高的官位。《晋书·天文志上》："三台六星……一曰天柱，三公之位也。在人曰三公，在天曰三台，主开德宣符也。"古代以星象征人事，称三公为三台。又，汉因秦制，设置尚书为中台，御史为宪台，谒者为外台，合称三台。

【评析】

《清平乐》大约为晚唐创调，较早见于唐末五代初韦庄词中（《尊前集》载有李白词四首，恐不可信）。为四十六字双调小令，为平仄韵转换格，上片四句四仄韵，下片四句三平韵。晏殊词中共有此调五首。本篇借此短调，直抒胸臆，自道身世之感，畅发其及时行乐的一贯思想。与他许多同主题作品先景后情的写法不同，本篇一开始就直抒怀抱，出以感叹语。春花秋草，都是悦人心目的美景，但在词人眼中，它们"只是"（总是、尽是也）催人衰老之物。生派愁怨与无知的自然物，一起便觉作者运意之妙。上片后两句，进一步作极度的情感夸张，谓纵然扫尽千山眉黛，亦难抵词人之无穷别愁。别愁之深就被如此表现出来了。过片两句，由感叹别愁之深转入以实际行动来销愁释恨——饮酒和听音乐。盖酒可使人暂时忘忧，丝管之声可以悦耳醒心、并释心灵之郁结也。末两句，自述身世，点出题旨。词人虽身登"三台"之高位，仕途比别人显达，但也曾几度罢相、外任州郡，尝到了许多不得意的苦闷烦恼。此词大约为罢相放外任期间所作，故感叹曰：时光飞逝，人生短暂，像我这样显达的人，虽登台阁，能有几度？还不如趁此美好时光，充分享受人生吧！晏殊的许多宣扬及时行乐之作，写的都是普泛化的感情，但本篇却是写他这种身份的人独有的感受，故值得重视。

清平乐

　　秋光向晚①，小阁初开讌②。林叶殷红犹未遍，雨后青苔满院。　　萧娘劝我金卮③，殷勤更唱新词。暮去朝来即老④，人生不饮何为。

【注释】

　　①向：临近，趋向。　　②讌：同宴。　　③萧娘：泛指美貌多情的女子。唐杨巨源《崔娘》诗："风流才子多春思，肠断萧娘一纸书。"　　④"暮去"句：化用唐白居易《琵琶行》诗："暮去朝来颜色改。"

【评析】

　　本篇表现的，是晏词中屡见不鲜的一个主题——时光不再，及时行乐。其章法也是词中最常见的：上片写景，下片抒情。令人觉得悦目醒心之处是：写景清新明丽，抒情明白自然。上片，不事雕琢刻画，直点时令、小阁、酒筵，并用富有亮色和质感的笔触勾绘出小阁欢宴的环境——雨后的青苔满院、林叶殷红的艳丽秋景。这一幅秋景图实为全篇的抒情奠定了一个基调，因为在这样亮丽、明快的背景中产生的感情，不应该是凄迷伤感的，而应该是旷达开朗的。下片则先写筵间足以悦目、悦耳和醒神的美妙人事——美萧娘、金盏酒和动听的歌词演唱，后倾诉由眼前的一切所触发的心声——"暮去朝来即老，人生不饮何为"。此词虽意、境两皆平平，但意与境的和谐统一是其优长。

清平乐

春来秋去，往事知何处。燕子归飞兰泣露①，光景千留不住②。　　酒阑人散忡忡③，闲阶独倚梧桐。记得去年今日，依前黄叶西风。

【注释】

①兰泣露：见前《蝶恋花》（槛菊愁烟兰泣露）注①。　　②千留：无数次地挽留。　　③酒阑：酒宴结束了。忡（chōng）忡：忧虑不安。

【评析】

此词写秋日感旧怀人的一段愁情。与同题旨的其他词篇大不相同的一点是，本篇并不着意写景，并不就景言情，而是直接描写主人公的心理情态和意识流动，以凸现其忆旧怀人的惆怅情怀。上片，集中表现主人公对于时光流逝、好景美事永远消泯的无奈和怅恨。首两句，叹日月不居，时序循环，"往事"（从下片所述可知，这是指去年今日黄叶西风之中与情人在酒宴上的欢会）不可追，伊人不再来。这已经暗伏本篇的抒情主旨在内。后两句，承"春来秋去"而来，言秋光将逝，眼见燕子往南飞，幽兰带露，像是因悲秋而哭泣，主人公也黯然神伤，从心底无数次地发出挽留秋光的呼唤，但是毫无用处！下片，定格于闲阶梧桐下独自感伤的抒情主人公的特写镜头，既写其感伤的形貌，亦托现其感伤的内心。前两句穷形尽相，写其孤独之状，徘徊之态；后两句，直探心灵深处，揭示其心事重重的原因——对景怀人。

清平乐

金风细细①，叶叶梧桐坠②。绿酒初尝人易醉③，一枕小窗浓睡。　紫薇朱槿花残④，斜阳却照阑干⑤。双燕欲归时节⑥，银屏昨夜微寒⑦。

【注释】

①金风：秋风。　②叶叶梧桐坠：梧桐树叶一片一片地坠落。　③绿酒：古代土法酿酒，酒色黄绿，诗人称之为绿酒。五代南唐冯延巳《长命女》词："春日宴，绿酒一杯歌一遍。"　④紫薇：植物名，又名百日红，夏季开花，花紫红色。朱槿：植物名，即木槿，开红、紫、白等色花。　⑤却照：正照。⑥归：归去，指秋天燕子飞回南方。　⑦银屏：屏风上以云母石等物镶嵌，洁白如银，故称银屏，又称云屏。

【评析】

这首词也是《珠玉词》中的名篇。它用精细的笔触和闲雅的情调，写出像作者这样的富贵高雅的文人在秋天刚来时的一种舒适而又略带无聊的感触。全篇写景抒情分为四个层次："金风"两句，写秋气初来时的节候景物；"绿酒"两句，写在这样的环境中饮酒至醉的舒适情态。过片两句，紧承上片，写酒醒后所见黄昏景象。末两句，别开新境，回味昨夜的感受，于静寂清凉的境界描写中透露出一丝淡淡的孤寂无聊的情思。此词之所以受到评论家们的一致称赏，主要在于它呈现了一种与词人富贵显达的身世相谐调的圆融平静、安雅舒徐的风格。这种风格，是大晏深厚的文化教养、敏锐细腻的诗人气质与其平稳崇高的台阁地位相浑融的产物。在这首词里，丝毫找不到自宋玉以来诗人们一贯共有的衰飒伤感的悲秋情绪，有的只是在富贵闲适生活中对于节序更替的一种细致入微的体味与感触。抒情主人公是在安雅闲适的相府庭园中从容不迫地咀嚼品尝着暑去秋来那一时间自然界变化给人之身心的牵动之感。这当中，也含有因节序更替、岁月流逝而引发的一丝闲愁，但这闲愁是淡淡的、细柔的，甚至是飘忽幽微若有若无的。作者通过对外物的描写，将他在这环境中特有的心理感触舒徐平缓地宣泄出来，使整个意境十分轻婉动人。

清平乐

　　红笺小字①，说尽平生意。鸿雁在云鱼在水②，惆怅此情难寄。　　斜阳独倚西楼，遥山恰对帘钩③。人面不知何处④，绿波依旧东流。

【注释】

　　①红笺：用朱丝栏写的信。朱丝栏是绢纸之有红线格者，一般用来写情书。唐朝韩偓《偶见》诗："小叠红笺书恨字，与奴方便寄卿卿。"　　②"鸿雁"句：古代传说，鸿雁和鱼都能传递书信。据《汉书·苏武传》，苏武出使匈奴被扣，后来汉与匈奴和亲，向单于要回苏武，单于诡言苏武已死，汉使者就对单于说："天子射上林中，得雁，足有系帛书，言武等在某泽中。"单于只好承认苏武还活着，并将他送回汉朝。后来就以"雁足传书"称传递书信。又，古时传书，刻木为鲤鱼状，两片，中空，以藏书信。古乐府《饮马长城窟行》："客从远方来，遗我双鲤鱼。呼儿烹鲤鱼，中有尺素书。"后以鱼为传书者的代称。　　③"遥山"

句：意思是说远山正对着自己的窗户。　④"人面"
句：化用唐代崔护《题都城南庄》诗："人面不知何处
去，桃花依旧笑春风。"

【评析】

　　这也是大晏词中的抒情名篇。它细致而凄婉地传
达出对情人的深切怀念以及相思之情难以寄托的满怀
惆怅。词人极善于即事言情和借景寄情，以"青山长
在"、"绿水长流"的永恒自然意象，来反衬"人面不
知何处"的孤寂情怀。在具体安排情、景时，亦有打
破常格之处。一般章法是上景下情，先写景后抒情；
本篇却先言情后写景，上片先直诉相思之意，下片再
写景，在情与景的交融和映衬中进一步深化感情。上
片言情，用笔特细致，形容特准确。笺而曰红，见其
内容为艳情；字而曰小，可知其情细而微；曰"说尽"，
则可知这封书信极长，道尽了胸中絮絮滔滔之情。"鸿
雁"两句，则透过一层，说是虽邮路畅通，且书信已
写就，满怀心事还是无法完全传达给对方。下片写景，
借景传情，更显词人艺术功力。作者点化唐人崔护"人
面桃花"的意象入词，而易之以"遥山绿波"之景作

为映衬，遂使境界一新。这是以淡景写浓愁，愈发显得全篇清远空灵，含蓄有韵。

红窗听

淡薄梳妆轻结束①，天意与、脸红眉绿②。断环书素传情久③，许双飞同宿。

一饷无端分比目④，谁知道、风前月底，相看未足。此心终拟，觅鸾弦重续⑤。

【注释】

①结束：装束，打扮。唐韦应物《送别李儋》诗："翩翩四五骑，结束向并州。"宋王珪《宫词》："朝朝结束防宣唤，一样珍珠络辔头。"　②天意与：天生成，天给予。绿：实指黑色。　③断环：指将玉环剖为两半，男女各持其半，作为定情信物。　④一饷（shǎng）：饷，通"晌"。一时间，一霎时。无端：无缘无故，没来由。分比目：指情侣分离。旧传比目鱼只有一目，须两两相并才能游行，故以比目鱼喻男女情好不离。分比目则喻男女相离。　⑤鸾弦重续：古以琴瑟喻男女欢情，情断为弦断，重续旧情则为续弦。鸾胶为传说中续断弦之物。据《海内十洲记》，西海中的凤麟洲上多凤凰和麒麟，"仙家煮凤喙及麟角，合煎

作膏，名之为续弦胶，或名连金泥。此胶能续弓弩已断之弦"。续弦胶又称鸾胶，五代刘兼《秋夕书怀呈戎州郎中》："鸾胶处处难寻觅，断尽相思寸寸肠。"

【评析】

《红窗听》又名《红窗睡》，调见晏殊《珠玉词》、柳永《乐章集》，很可能是宋初的新声创调。这是双调小令，五十三字，上片四句三仄韵，下片五句三仄韵。《词谱》卷十即以晏殊此作为准。本篇所倚之曲虽为新声，抒写内容却基本上是陈旧的。这是一首赠妓之作，词人是站在旁观者的立场，为妓女图形写貌，代妓女言情抒恨。所写之形貌是类型化的（可用于许多同类女子身上），所言之愁恨也是普泛化的（许多同样身份、同样处境的女子皆有此种感情）。北宋应歌之词大多如此。上片先写妓女的容貌和她在欢场中的爱情遭遇。首两句，赞其淡雅的梳妆、轻灵的气质和天生的美貌。后两句写拥有如此好条件的她曾赢得一位男性的欢心，那人与她书信传情，并许愿要娶她。下片则写这段恋情之不可信，表达了此女失恋后的苦闷心情。此词所写的虽属普泛化的情感，但毕竟反映出妓女命运之可悲，这还是可取的。

红窗听

记得香闺临别语，彼此有、万重心诉。淡云轻霭知多少，隔桃源无处^①。　梦觉相思天欲曙，依前是、银屏画烛，宵长岁暮。此时何计，托鸳鸯飞去。

【注释】

①桃源：喻男女欢会的场所。据南朝宋刘义庆《幽明录》，东汉时刘晨、阮肇入天台山采药迷路，到一山，山上有桃树，山下有一大溪，在此遇二仙女，与之成婚。半年后回家，子孙已过七代。后重入天台山，循桃花源访二仙女，已无踪迹。这里用以代指当初欢会之处。

【评析】

与前面一首同调词一样，本篇也是赠妓之词，也是应歌之作。但比起前一篇，本篇艺术性更强，更有审美价值，这是因为本篇有具体的细节描写和人物心态的表现，形象更鲜明，意境更优美，因而更能感动人。全篇以情人之"梦"为中心来叙相思之情。上片写梦前之事，及成梦之因；下片写梦后情景，又由此而追忆前情，并进一步抒写对离人的刻骨思念。妙在写梦而不及梦境，而出以烘云托月之法，以其时、其地、其气象、其神思来烘托梦境，给人留下了想象、补充的巨大空间。上片起两句忆旧事，质朴有情；后两句，度入梦境，而用暗转之法，极为自然。下片头三句，写梦醒后情景，宛然如画，人物的心理活动历历如见。末两句又以质朴的情语作结，呼应上片"万重心诉"，弥见相思之苦，怨情之深。

采桑子

春风不负东君信，遍拆群芳^①。燕子双双，依旧衔泥入杏梁^②。　须知一盏花前酒，占得韶光^③。莫话匆忙，梦里浮生足断肠^④。

【注释】

①拆：把合在一起的东西弄开，这里指花苞开放。　②杏梁：文杏所制的屋梁。汉司马相如《长门赋》："刻木兰以为榱兮，饰文杏以为梁。"后用杏梁泛指华丽的屋宇。南朝齐谢朓《咏烛》诗："杏梁宾未散，桂官明欲沉。"　③韶光：美好时光。　④浮生：《庄子·刻意》："其生若浮，其死若休。"老、庄以为人生在世，虚浮无定。后来相沿称短暂无定的人生为浮生。

【评析】

《采桑子》又名《丑奴儿令》《罗敷艳歌》《罗敷媚》。唐教坊大曲有《杨下采桑》（《羯鼓录》作《凉下采桑》），此双调小令，大约是于大曲中截取一遍而成。调见于《尊前集》。全篇四十四字，前后片各四句、三平韵。别有添字格，名《添字采桑子》，是在前后片两结句各添两字，两平韵，一叠韵。本篇写春日宴饮之欢，感叹浮生有限，主张趁此大好时光，及时行乐。大晏词题材内容较狭窄，类似作品在其词集中甚多。本篇章法亦属上景下情的常格，上片写春景，下片就景言情，发抒人生感慨。全篇景中含情，情中有思，也体现了他的一贯作风。

采桑子

　　红英一树春来早，独占芳时。我有心期①，把酒攀条惜绛蕤②。　　无端一夜狂风雨，暗落繁枝。蝶怨莺悲，满眼春愁说向谁。

【注释】

　　①心期：心愿。　②绛蕤（ruí）：深红色的花朵。蕤，草木花朵茂盛的样子。

【评析】

　　本篇的主旨，是悼惜美好事物的被摧残、被破坏。这一主旨，是通过描述春花横遭"一夜狂风雨"而凋落之过程来表现的。此词从字面上看是咏物（红英一树），但却不同于一般描头画角但求形似的咏物词，而是借物言情的抒怀之作，它所要表现的，是词人自己的情思。因而词中有人，词中意象是靠词人的心理活动和情感变化为线索来贯串的。上片写词人目睹春来一树红花盛开，占尽芳时，因而欣喜无限，持酒赏花，把自己的美好"心期"向花儿倾诉。下片笔锋陡转，以凄婉哀伤的情调写出花儿突然凋谢的惨状，然后表达了词人目睹这幅惨景的心灵悸动和悲痛。"无端"一句，对"狂风雨"的憎恨之情溢于言表。蝶而有"怨"，莺而有"悲"，这是用移情法，所谓"生派愁怨与花鸟"（沈谦《填词杂说》），使全篇情感更为深挚浓烈。末句"满眼春愁说向谁"，以诘问的口气作结，情致更加幽婉而绵长。"说向谁"的意思是"找不到人诉说"和"向谁说都没用"，它充分反映出词人此时此地万分无奈和落寞的心境。

采桑子

　　阳和二月芳菲遍①，暖景溶溶②。戏蝶游蜂，深入千花粉艳中③。　　何人解系天边日④，占取春风。免使繁红，一片西飞一片东。

【注释】

　　①阳和：春天的暖气。《史记·秦始皇本纪》："时在中春，阳和方起。"芳菲：花草。南朝齐谢朓《休沐重还丹阳道中》诗："赖此盈尊酌，含景望芳菲。"②溶溶：本为水流动的样子，这里形容太阳光荡漾的状态。　③"戏蝶"两句：化用唐岑参《山房春事》诗："风恬日暖荡春光，戏蝶游蜂乱入房。"　④"何人"句：语本晋傅玄《九曲歌》："岁暮景迈群光绝，安得长绳系白日。"意为设法挽留住时光。

【评析】

　　本篇所抒写的，是词人对于春光易逝、美景不长的痛切感受。这一主旨，与前篇（红英一树春来早）相近，不同之处是：前篇情调哀伤，意境低迷，而本篇则高旷明朗，境界阔大而浑融。上片，笔触清丽，极写春景之美，可谓词中有画：花草芬芳，日光溶溶，戏蝶游蜂，粉艳千丛，处处令人赏心悦目，流连忘返。上片将春景写得愈美好，则下片惜春留春的情意也就愈发深切。但作者并不一般化地直道惜春之意，而是在下片突发痴想，来更强烈、更集中地表达自己的迫切心情。这里他灵活地运用晋人语典，希望有人能用长绳子去系住天边的红日，免使时光飞逝、春光消失、春花凋谢。当然，这一痴想仅仅是一种空想，在现实生活中是不可能实现的。但正是这种"无理而妙"的手法，把词人无比爱惜春光的心情表达到了极致。

采桑子

　　樱桃谢了梨花发，红白相催。燕子归来，几处风帘绣户开①。　　人生乐事知多少，且酌金杯。管咽弦哀，慢引萧娘舞袖回②。

【注释】

　　①绣户：华丽的居室。南朝宋鲍照《拟行路难》诗："璇闺玉墀上椒阁，文窗绣户垂罗幕。"绣，谓华丽、精美如绣。　　②萧娘：见前《清平乐》（秋光向晚）注③。

【评析】

　　本篇的题旨，全在"人生乐事知多少"一句，也就是说，它所抒发的，是《珠玉词》中许多篇什重复过的"时光易逝，及时行乐"的老调调。但仔细品读，我们可以看出，本篇也自有能引发读者共鸣的描写，艺术处理上颇有创新之处。试看一般词作，表达主旨的句子多安排在开头或结尾，以利于演绎或总束所抒之情，本篇却别出心裁，将主旨句置于过片处。这样做是为了将主题安放于词篇的中心位置，以便安排前景后情的描写来突出它、演绎它。此句之前，整个上片都是描绘美丽的春光稍纵即逝，难以久享，这就证实了"人生乐事"无多；过片之后则述及时行乐之方（美酒、音乐、舞蹈），以为开解，于是一篇之抒情遂告成功。此词善用动态字眼，将静景写成流动的，如连写两种花的"谢"与"发"，而后又加一"催"字，遂将时光飞逝美景不驻的主观感触充分表达出来了。

采桑子

石竹①

古罗衣上金针样，绣出芳妍②。玉砌朱阑，紫艳红英照日鲜。　佳人画阁新妆了③，对立丛边。试摘婵娟④，贴向眉心学翠钿⑤。

【注释】

①石竹：草名。亦名石竹子。叶似小竹叶而细窄，亦有节，开铜钱状的红白小花。常植于庭院供观赏用。古代衣饰常用为图案。唐李白《宫中行乐词》："山花插宝髻，石竹绣罗衣。"唐王建《题花子赠渭州陈判官》诗："点绿斜蒿新叶嫩，添红石竹晚花鲜。"此词兼咏衣上所绣石竹和庭院所植石竹。　②芳妍：艳丽芬芳的花朵，指石竹花。　③画阁（gé）：装饰华丽的闺房。了：完成，完毕。　④婵娟：形态美好，这里形容词当名词用，代指石竹花瓣。　⑤学：似，像。翠钿：绿玉制的妇女头饰。唐杜牧《代吴兴妓春初寄薛军事》诗："雾冷侵红粉，春阴扑翠钿。"

【评析】

　　本篇看题目是一首咏物词，看内容方知是写具体环境中的人，是一幅工笔的"美人石竹图"。全篇以"玉砌朱阑"边的"佳人"为中心，写了两种石竹花——佳人古罗衣上刺绣的石竹图案和庭院里栽种的真石竹花。上片主要写作为衣饰图案的假花，下片写阶下的真花，但中间用"紫艳红英照日鲜"一句混写之，则真假莫辨，两相比美，而两种花掩映下的美人就显得更加美艳绝伦了。

采桑子

时光只解催人老①，不信多情②，长恨离亭③，泪滴春衫酒易醒。　　梧桐昨夜西风急，淡月胧明④。好梦频惊，何处高楼雁一声。

【注释】

①只解：只知道，只会。　②多情：多情的人儿。　③离亭：路旁驿亭。地远者称离亭，近者称都亭。离亭常为古人送别的场所。唐骆宾王《送刘少府游越州》诗："离亭分鹤盖，别岸指龙川。"　④胧明：月光微明。唐元稹《嘉陵驿》诗之一："仍对墙南满山树，野花撩乱月胧明。"

【评析】

这首相思怨别之词写得情切而恨深，言简而意厚，但哀婉而不凄厉，呈现的是一个明净高远的抒情境界。短短四十四字，写尽自春及秋大半年的相思之苦。上片缕述春日别后的痛苦。首句为全篇之总领。"不信"三句则写春天的离愁别恨。这里包含着三层意思：一、惊心于时光飞逝；二、想不到与情人会长期离别；三、想忘却他又难以忘却。三层意思层层拉紧，将读者引入了词人的情感波澜之中。下片由昔入今，写秋夜独眠的怀思。这段描写之所以能打动人，不单在于那西风梧桐、幽窗淡月的凄迷气氛中的梦境的展现，更在于那沉思默想中"何处高楼雁一声"的超脱高远境界。这一结尾，正体现了大晏情中有思、旷达高朗的抒情特色。

采桑子

　　林间摘遍双双叶，寄与相思。朱槿开时①，尚有山榴一两枝。　　荷花欲绽金莲子，半落红衣②。晚雨微微，待得空梁宿燕归③。

【注释】

　　①朱槿：见前《清平乐》（金风细细）注④。
②红衣：指莲花瓣。唐赵嘏《长安秋望》诗："红衣落尽渚莲愁。"　　③宿燕：寄宿于屋梁上的燕子。唐温庭筠《七夕》诗："银烛有光妨宿燕，画屏无睡待牵牛。"

【评析】

　　本篇也是写相思怀人之苦。这种绵远凄怆的心灵意绪，并不直接表露，而是通过描写抒情主人公对不同季节自然风物变化的感触来间接流露的。全篇用上昔下今的章法写成，按节令的顺序，由夏天写到秋天，以见相思之绵远。上片写夏季朱槿花开之时，榴花尚未完全凋谢，主人公对景生情，在林间摘尽双叶片，寄与情人表达相思之意。"摘遍"一语，夸张地说出了恋情之深。下片则写秋景秋思。时光流逝，季节转换，暑去秋来，最明显的一个标志就是夏日盛开的荷花此时已半落红衣，结出莲子。莲子谐音"怜子"，这使主人公联想起情人至今未归，致使自己几个月来孤独无聊。在微微晚雨中，只盼来双双飞回的燕子。以燕之双归，反衬离人之不归和自己之孤栖，情自见于言外。

喜迁莺

风转蕙①，露催莲，莺语尚绵蛮②。尧蓂随月欲团圆③，真驭降荷兰④。　　褰油幕⑤，调清乐，四海一家同乐。千官心在玉炉香，圣寿祝天长。

【注释】

①风转蕙：化用《楚辞·招魂》："光风转蕙。"转，摇动。蕙，即蕙兰，一种多年生草本植物，开淡黄绿色花，气味很香。　②绵蛮：鸟叫声。　③尧蓂（míng）：尧帝时所生的一种嘉草，可计时。据《竹书纪年》卷上记载，这种草"夹阶而生，月朔始生一荚，月半而生十五荚，十六日以后，日落一荚，及晦而尽，月小则一荚焦而不落。名曰蓂荚，一曰历荚"。　④真驭：神仙的车驾。借指皇室的车驾。真，真人，即仙人。驭，车驾。　⑤褰（qiān）：撩起来，张搭起。油幕：古时用以迎宾或供歇息的青油布帐篷。五代王仁裕《开元天宝遗事》卷下："长安贵家子弟，每至春时，游宴供帐于园圃中，随行载以油幕，或遇阴雨，以幕覆之，尽欢而归。"

【评析】

　　《喜迁莺》，又名《鹤冲天》《万年枝》《喜迁莺令》《燕归梁》。此调有小令、长调两体，小令起于唐代，长调起于宋代。小令为双调，四十七字，为平仄韵转换格，上片五句四平韵，下片五句换两仄韵两平韵。自唐末韦庄用此调咏进士及第之喜以来，词人大多相沿用之于祝颂庆贺，亦间有用于抒写其他题材者。本篇是庆贺皇帝生日的。从词中写到的时令来推断，本篇祝颂的对象是宋仁宗赵祯。按《宋史》卷九《仁宗本纪》，仁宗皇帝生于宋真宗大中祥符三年（1010）夏历四月十四日，这正是孟夏之月十五月圆的前一天，与词中所写的"风转蕙，露催莲"和"月欲团圆"正相吻合。此类作品，不过是官场中人对皇帝应酬之作，只要能做到应时应景，辞藻富丽堂皇，恭维话说得到位就行。用此标准来衡量，本篇当然是十分得体的。上片写景，勾绘出皇帝降生时的明丽和煦的初夏景致，继而点明这正是"真人"降临人间的好时节。下片写"圣寿"之筵席的盛大场面，发出祝颂之语，以宰相的"千官"之首的身份，衷心祝愿皇帝寿与天长。

喜迁莺

　　歌敛黛①，舞萦风，迟日象筵中②。分行珠翠簇繁红，云髻袅珑璁③。　　金炉暖，龙香远④，共祝尧龄万万⑤。曲终休解画罗衣⑥，留伴彩云飞⑦。

【注释】

　　①敛黛：皱眉头。　②迟日：春日。唐杜审言《渡湘江》诗："迟日园林悲昔游，今春花鸟作边愁。"象筵：豪华的筵席。南朝宋颜延之《皇太子释奠会作》诗之七："堂设象筵，庭宿金悬。"　③袅：随风摆动。珑璁（lóng cōng）：即玉珑璁，玉饰名。唐温庭筠《握柘词》："绣衫金腰褭，花髻玉珑璁。"　④龙香：即龙涎香，一种香料。　⑤尧龄：据《史记·五帝本纪》载，尧寿逾百岁。后因以为祝颂帝王长寿的套语。宋柳永《永遇乐》词："祝尧龄、北极齐尊，南山共久。"　⑥画罗衣：指漂亮的舞衣。　⑦彩云飞：语本唐李白《宫中行乐词》："只愁歌舞散，化作彩云飞。"

【评析】

　　和前篇（风转蕙）一样，本篇也是为皇帝生日（当时称为万寿节）盛宴而作。与前篇不同的是，本篇略去了许多"颂圣"的陈词滥调，仅用"共祝尧龄万万"一句点出主题，而用绝大部分篇幅去描绘筵席上歌舞之盛。这样做，目的当然是想把这"象筵"写得不一般，来讨取皇帝的欢心，却使全篇形象生动，增强了艺术感染力。作者在描写歌舞场面时，非常注意这种特殊场合的歌舞与民间和官府筵席上的歌舞的不同，所以特别突出了以下两点：一是穿插殿阁风光（象筵、金炉、龙香等等），以使读者一看这"画面"就知是皇家之宴，大大不同于官府和民间以园林庭池为背景的一般筵宴；二是写到歌舞时，但记其行状（歌敛黛、舞萦风、珠翠繁红、云髻珑璁等），尽量避开对歌舞者情态的描绘和赞赏，也就是说主于记事，不涉抒情。这是因为所写的是殿阁歌舞，乃是为"圣人"表演的，万不可出以寻常追欢行乐之语。但毕竟写的是歌舞，因而结尾从庄重堂皇的氛围中宕开一笔，写歌舞者轻倩的情态。这个结尾也清而不亵，足见作者深识"颂体"之分寸。

喜迁莺

花不尽，柳无穷，应与我情同。觥船一棹百分空①，何处不相逢。　　朱弦悄②，知音少，天若有情应老③。劝君看取利名场④，今古梦茫茫。

【注释】

①"觥船"句：化用唐杜牧《题禅院》诗："觥船一棹百分空，十岁青春不负公。"觥船，大酒杯。一棹，动桨划一次，比喻饮酒。百分，指杯中酒斟得很满。空，一饮而尽。　②朱弦：红色的琴弦，代指乐器。　③"天若"句：化用唐李贺《金铜仙人辞汉歌》："衰兰送客咸阳道，天若有情天亦老。"　④利名场：争名逐利的场所。

【评析】

一位十四岁就以"神童"入仕、终其一生都在官场度过的"贵人"，却声称"利名场"的生涯不过是"茫茫"之"梦"，由此可知本篇大约是作者晚年宦途受挫、罢相放外任之后的作品。词的中心意思是：功名富贵无非是大梦一场，不如复归自然，与花柳春光亲和，及时地享受人生。这个意愿表面看与他词中多次表现的及时行乐无甚差别，实际上却大有不同：那些词多是他官场得意时所作，词中对身边富贵之物十分爱赏，所乐者也多半是这些东西（包括美人歌舞），抒情格调也多是欢快热闹的。而本篇则显然是失意后所作，自我形象是孤悄、冷清的（朱弦悄，知音少），抒情格调也是幽旷而绵邈的；作者所亲和的也不再是满堂金玉和美人歌舞，而是自然界的花柳春风。这种在新的人生关头和新的现实处境中产生的新的及时行乐主题，实际上是一体两面：一面是藐视名利，看破现实，另一面则是寄情山水自然。融两面为一体的媒介则是酒——"觥船一棹百分空"的酒。在表现这一主题时，作者不假外物，不事雕琢，而是直抒胸臆，如行云流水般地倾泻自己的情怀，因而全篇给人以明快、自然的审美感。

喜迁莺

烛飘花，香掩烬，中夜酒初醒。画楼残点两三声①，窗外月胧明②。　　晓帘垂，惊鹊去，好梦不知何处。南园春色已归来，庭树有寒梅③。

【注释】

①残点：稀疏的、断断续续的打更声。　②胧明：月光微明。　③"庭树"句：《古诗十九首·庭中有奇树》："庭中有奇树，绿叶发华滋。攀条折其荣，将以遗所思。"后世多以庭树暗喻闺中女子的相思之情。

【评析】

此词写春日闺中女子怀人念远之思。作者并不直接言情，而是采用景物烘托和点染环境气氛的方法曲曲传情，因而使得全篇含而不露，蕴藉有味。上片先写闺中人后半夜宿酒初醒的情景。红烛飘花，炉香掩烬，画楼更残，窗际月明，一切都是酒醒者眼所见、耳所闻，因此这一画面真切、生动，且完全符合此时此人的主观感触,融合着她的身心感受。从而,一种孤独、寂寞的情感氛围已经溢出纸面。下片进一步烘托主人公的孤栖无眠的痛苦情态,点出怀人的主题。过片处,写一场好梦(当然是梦见了分离已久的情人)横遭"惊鹊"打断,无一字涉及抱怨之意,而怨情自见。结尾点化《古诗十九首》"庭中有奇树"的境界入词,暗示相思之情,尤觉含蓄不尽。通篇始终不说破离情,而离情自然从画面上流出,手法极高妙。

喜迁莺

曙河低[1]，斜月淡，帘外早凉天。玉楼清唱倚朱弦[2]，余韵入疏烟。　　脸霞轻[3]，眉翠重，欲舞钗钿摇动。人人如意祝炉香，为寿百千长。

【注释】

①曙河低：天快亮的时候银河移低。南朝梁萧和《萤赋》："瞩曙河之低汉，闻夜潮之远声。"　　②玉楼：传说中昆仑山上仙人的居所，文学作品中用以代指华美的楼阁。　　③脸霞：女子脸颊上涂的胭脂。唐韩偓《咏手》诗："背人细捻垂烟鬓，向镜轻匀衬脸霞。"

【评析】

这也是一首赠妓词。与《珠玉词》中其他一些应付场面的赠妓词不同的是，本篇所写的女子，似乎不是一般的歌妓，而是一位深受词人宠爱的家妓；而且本篇并非寻常日子、寻常歌席酒筵上的作品，应是这位家妓生日词人特意为她而作的寿词。上片实际上是

写：今天是她的生日，所以她非常高兴，一大早（曙河
低、斜月淡，天刚蒙蒙亮）就起来，在楼上弹琴唱歌，
琴声、歌声悠扬婉转，余韵回荡在轻烟袅袅的晨空。
下片则写这位家妓在庆贺她生日的宴会上的风流自赏
的情态，并向她发出良好的祝愿。此词通篇对主人公
的艺术描写都是类型化的，未能摆脱应歌之作的陈套，
但从末句"为寿百千长"的祝贺语则可看出，这位家
妓在作者家中地位颇高，且极受作者爱重。字里行间，
还是透露出词人的一些真感情来了。

撼庭秋

别来音信千里，怅此情难寄。碧纱秋月[①]，梧桐夜雨[②]，几回无寐[③]。　　楼高目断[④]，天遥云黯，只堪憔悴[⑤]。念兰堂红烛，心长焰短，向人垂泪[⑥]。

【注释】

①碧纱：指碧纱厨。古时屋中置木榻扇，糊以碧纱，夏天用来避蚊蝇，称碧纱厨。　②梧桐夜雨：概括温庭筠《更漏子》词："梧桐树，三更雨，不道离情正苦。一叶叶，一声声，空阶滴到明。"　③无寐：失眠。　④目断：望尽，望而不见。　⑤憔悴：同憔悴，瘦弱萎靡的样子。　⑥"念兰堂"三句：化用唐杜牧《赠别》诗："蜡烛有心还惜别，替人垂泪到天明。"兰堂，华贵厅堂的美称。心，语意双关，既指烛芯，也指人心。

【评析】

《撼庭秋》一调，始见于晏殊《珠玉词》，但其中仅有此一首，故《词律》卷五、《词谱》卷七俱列此首为标准之作。这是双调小令，四十八字，上片五句三仄韵，下片六句两仄韵。多为四字句。本篇抒写相思念远之苦情，而以"此情难寄"为中心环节，所有的情节描写和意境创造，都是围绕这个中心展开，都是为了表明寄情之"难"的。上片开头两句，即揭示千里分离、有情难寄的主题，以情语起，极为醒目。以下三个四字句，铺叙秋夜多次失眠之情状，以显离情别恨之深，以及纵使能以书信述而寄之，也难表其万一。下片，登楼览景，继写相思之苦。过片三句，句句与上片呼应，以深化感情："天遥"呼应"千里"，"云暗"呼应"夜雨"，"颠顿"呼应"几回无寐"。处处呼应，环环相扣，足见作者构思之巧妙，情感之深挚。末三句，移情于物，用拟人手法，弥见别恨之深，离情之长。在这里，人即是红烛，红烛即是人，二者几乎不能分，成为苦情和悲伤的象征。这一抒情意象，确有如叶嘉莹所说的象征"心余力绌的整个的人生"的意味。评论家们喜欢拿大晏这三句词与小晏描述相同意象的三句词来比较优劣，其实，大晏之句思致绵长，富于象征性，小晏之句感情浓烈，富于感发力，各有所长，不必强为轩轾。

少年游

重阳过后①，西风渐紧，庭树叶纷纷。朱阑向晓②，芙蓉妖艳③，特地斗芳新④。霜前月下，斜红淡蕊，明媚欲回春。莫将琼萼等闲分⑤，留赠意中人。

【注释】

①重阳：夏历九月九日，称为重九，又叫重阳。旧俗，这一天要登高赏菊饮酒。　②朱阑：红色的栏杆。向晓：临近天亮。　③芙蓉：此处指木芙蓉，秋冬间开花。　④特地：特意。　⑤琼萼：花萼的美称，这里代指花。等闲：轻易，随便。

【评析】

《少年游》又名《玉腊梅枝》《小阑干》《少年游令》。调见晏殊《珠玉词》和柳永《乐章集》。为双调小令，字数从四十八字到五十二字不等。《珠玉词》中即有五十字、五十一字两体。本篇为五十一字体，上片五句两平韵，下片五句三平韵。这是一首咏物词，所咏为秋末开放的木芙蓉。上片写木芙蓉在晚秋开放，以西风落叶、万物凋零的衰飒景致与木芙蓉的"妖艳芳新"作鲜明对比，愈显其美。下片进一步赞扬木芙蓉的风流美艳，并注入作者的爱赏之情，表示要将它留赠给自己的意中人。"霜前月下"三句，意境鲜明，形神兼具，叶嘉莹认为可用以形容晏殊本人的词品。末两句，情中有思，叶嘉莹亦许之为"表现了理性的操持"的名句。全篇表现了一种纯美的诗意，允称佳作。

少年游

霜华满树，兰凋蕙惨，秋艳入芙蓉。胭脂嫩脸，金黄轻蕊，犹自怨西风。　　前欢往事，当歌对酒①，无限到心中。更凭朱槛忆芳容②，肠断一枝红③。

【注释】

①当歌对酒：用曹操《短歌行》："对酒当歌，人生几何。"　　②朱槛：朱红色的栏杆。　　③肠断：形容极度哀伤。

【评析】

本篇也是咏木芙蓉，但与前篇（重阳过后）的单纯赞美花朵大不相同，本篇是对花兴感，抒写相思之情。上片仍像前篇那样，先写木芙蓉在千林叶落、万花纷谢的衰飒秋景中一花独艳，但忽插一笔，说是此花在"怨西风"。这是硬派愁怨与花朵，借以抒发自己的感情。下片则交待赏花之时触发愁丝怨缕的原因：却原来，词人对酒当歌、观赏名花之时，联想起了往

年在同一季节、同一环境中发生的"前欢往事"。往昔
他曾与伊人并肩立于此"朱槛"之旁，饮酒赏花，共
同度过那短暂而美好的时光；如今，美景依旧，伊人
却不知在何处，怎不令词人对花肠断，苦苦追忆那如
花之美的"芳容"呢！全篇自始至终都以赏花为中心
线索、以花为联系词人与情人之间感情的媒介，一笔
不懈地营造出感伤凄婉的抒情境界。本篇虽非大晏的
名作，但也体现出他温润秀洁、工丽柔婉的艺术特色。

少年游

芙蓉花发去年枝，双燕欲归飞。兰堂风软，金炉香暖，新曲动帘帷。 家人拜上千春寿，深意满琼卮①。绿鬓朱颜②，道家装束③，长似少年时。

【注释】

①琼卮：华美的酒杯。 ②绿鬓朱颜：指青春年少之人。南朝梁吴均《闺怨》诗："绿鬓愁中改，红颜啼里灭。" ③道家装束：道家的打扮。这是唐宋时年轻人的一种时髦打扮。《旧五代史·王衍传》："时宫人皆衣道服，顶金莲花冠，衣画云雾，望之若神仙。"

【评析】

本篇为《少年游》中的五十字体，此体与前面的五十一字体句式有所不同，押韵也变为上片三平韵，下片两平韵。这是一首祝寿词。寿主是词人家中的一位女性，从"家人拜上千春寿"一句来看，她应是家中女主人，极有可能就是晏殊的夫人。词的上片，写寿主的生日正逢秋天，这时风光很优美，家中也一派祥和温馨的气氛。开篇的芙蓉，应是木芙蓉，因为这是燕子"欲归飞"的秋季，水芙蓉（荷花）早已开过。下片写家庭生日宴会的情景。过片两句，写家人纷纷举酒，祝女主人长寿健康。结尾三句则写到寿主本人，赞美她风姿绰约如仙人，黑发红颜，一点也不显老。寿词一般容易写得庸俗，但因本篇是写给家中人的，故能省去应酬的套话而直抒真情，使得情亲而调婉，境谐而格高。

少年游

　　谢家庭槛晓无尘①，芳宴祝良辰。风流妙舞，樱桃清唱②，依约驻行云③。　　榴花一盏浓香满④，为寿百千春。岁岁年年，共欢同乐，嘉庆与时新。

【注释】

　　①谢家：本指南朝谢安家族，他们一家世居高位，十分显赫，后借指名门世家。这里借指晏殊自己的府第。　　②樱桃：唐代白居易家姬樊素善歌，小蛮善舞，白写诗赞曰："樱桃樊素口，杨柳小蛮腰。"（见孟棨《本事诗·事感》）这里用樱桃代指善歌的家妓。③"依约"句：这里用"响遏行云"的典故。据《列子·汤问》，歌唱家秦青"抚节悲歌，声振林木，响遏行云"。意谓其声音响彻云霄，把天上移动着的云也止住了。　　④榴花：指榴花酒。作者《诉衷情》（世间荣贵月中人）一阕有"榴花寿酒"句，可参看。

【评析】

　　这也是一首祝寿词。从词的开头自称"谢家庭槛"的语气来看，本篇寿主也是晏殊自己家里人。但前篇对寿主有身份、性别的描写，可以肯定寿主为家中女主人；本篇则全为祝寿的门面话，所写场景亦颇泛泛，故无法推断寿主的特定身份和性别。词的上片，写这个显赫的官府之家大开宴席，表演歌舞，以庆贺家中某一成员的"良辰"。下片则写大家向寿主上榴花酒，祝他长寿，并愿这一家子与寿主年年岁岁共欢同乐，常乐常新。此词写得平庸无味。

酒泉子

三月暖风，开却好花无限了。当年丛下落纷纷①。最愁人。　　长安多少利名身②。若有一杯香桂酒，莫辞花下醉芳茵，且留春。

【注释】

①当年：壮盛之年，这里指花开正盛之时。

②长安：本汉唐故都，这里用作京都的代称。京都是全国士人求取功名的中心场所。

【评析】

《酒泉子》原为唐教坊曲，用作词调，始见于《花间集》所载温庭筠、韦庄等词。为双调小令，但别体颇多，各体字数、韵脚不同。晏殊所用此体为四十五字，上片四句两平韵，下片四句三平韵。本篇抒写暮春时节惜春、留春的心情，其主旨与前面的《喜迁莺》（花不尽）相近，是勘破"名利场"之后萌发回归自然、亲和山水花柳之愿的作品。但此篇用语浅近明白，不用象征性的意象描写，而是直抒胸臆，直显本怀。上片写春末花谢之状，联系往年的同样情景，引出春光难驻、美好事物皆不久长的感叹。"最愁人"一句，将词人的心灵悸动托现无余。下片写愁苦之中的反思，表现出词人勘破"长安多少利名身"后的超脱、旷达的人生情怀。"莫辞花下醉芳茵，且留春"的表白，与李白"行乐须及春"（《月下独酌》）的呼吁同出一辙。虽略嫌直露而老套，但这是上文的种种描述铺垫后的情感升华，所以丝毫不显得勉强，反而给人以自然、流畅之感。

酒泉子

　　春色初来，遍拆红芳千万树①。流莺粉蝶斗翻飞，恋香枝。　　劝君莫惜缕金衣②。把酒看花须强饮。明朝后日渐离披③，惜芳时。

【注释】

　　①遍拆：开遍。拆，把合在一起的东西弄开，指花苞开放。　　②"劝君"句：唐无名氏《金缕衣》诗："劝君莫惜金缕衣，劝君惜取少年时。有花堪折直须折，莫待无花空折枝。"缕金衣，即金缕衣，此处因平仄关系而将前两字调换。　　③离披：散乱的样子，指花朵凋谢。

【评析】

　　本篇与前篇（三月暖风）是同一题旨的作品，抒写的都是爱惜春光、莫误"芳时"之意。但前一篇写的是春末之思，是眼见春光将逝而发出感慨；本篇则是依据生活经验而作有预见性的观照，在"春色初来"时就已经知道它"明朝后日"必然匆匆归去，在体认了自然、人生的铁的规律之后来表达"行乐须及春"的思想。因此本篇更富于哲理性。词的上片，以瑰丽的画面展现大地春回时万紫千红、莺蝶翻飞的热闹景象，但歇拍略逗一笔，说莺蝶十分"恋香枝"，即已暗示春光虽烂漫却不可能长久之意。下片承此意脉，点化唐诗入词，以议论的口气，申说"行乐须及春"的本意，这就使得词情富有哲理的含义，启人联想，令人深思。大晏善于从不同角度来反复表现同一主题，于此两首词可见一斑。

木兰花

东风昨夜回梁苑^①，日脚依稀添一线^②。旋开杨柳绿蛾眉，暗拆海棠红粉面。　　无情一去云中雁^③，有意归来梁上燕。有情无意且休论，莫向酒杯容易散^④。

【注释】

①梁苑：《史记·梁孝王世家》载，汉梁孝王刘武建造梁苑（又名梁园、兔园），用以招延四方文士宴饮游乐。后世常借指贵家园林。　②日脚：穿过云层下射的阳光。添一线：古时以线测量日影，冬至后每日添长一线。　③"无情"句：暗用雁足传书的典故，抱怨情人没有书信来。　④容易：轻易，随意。

【评析】

《木兰花》又名《玉楼春》，原为唐教坊曲，作为词调有字数、句数和韵脚不同的多种体式，但《尊前集》所录都是五十六字体，北宋以后词家多遵用之。如晏殊《珠玉词》中有此调多达十一首，就都是五十六字体。这是双调齐言（每句均为七字句）体的小令，上片四句三仄韵，下片亦四句三仄韵。它形式整齐有如七言律诗，每句都符合七律的平仄，因此极便于熟悉近体诗创作的文人当筵挥毫填写，以供歌妓演唱。晏殊的十一首《木兰花》，便多是这种即席应歌之作。据宋人杨湜《古今词话》记载，这首词作于宋仁宗庆历四年（1044）正月初一。当天，身为宰相的晏殊在他的私宅大摆酒席，宴请中书省和枢密院的众位官员。席上，晏殊带头填词，写出了这首《木兰花》。坐客全都写了和章，每一首的首句都用晏词的"东风昨夜"四字开头。此事一时传为词坛佳话。

本篇虽为场面应酬之作，却写得颇有情致，颇有境界。所写为元日景象，也属于咏节序之作。张炎《词源》认为，这种作品应该做到"不独措辞精粹，又且见时序风物之盛，人家宴乐之同"。本篇是十分符合这一审美标准的。作词的这一天既是元日，前一天又刚好是立春之日，故词的上片即用形象化的笔触，写出东风初来之际的美好景象。"日脚"一句，已见文心之细。更以杨柳、海棠之开拆融入筵间美人的蛾眉、粉面，花柳与美人混而为一，摇曳生姿，极有情致。下片写宴饮，不直说劝酒的话，却又融入雁去燕归的景物，巧妙地托出"且尽今日之欢"的题旨。全篇情景合一，自然流畅，允称浑成之作。

木兰花

帘旌浪卷金泥凤[1]，宿醉醒来长曚松[2]。海棠开后晓寒轻，柳絮飞时春睡重。　　美酒一杯谁与共，往事旧欢时节动。不如怜取眼前人[3]，免更劳魂兼役梦。

【注释】

①金泥凤：帘旌上以金粉涂饰的凤凰图案。

②宿醉：隔夜醉酒。曚（méng）松：迷迷糊糊的样子。

③"不如"句：见前《浣溪沙》（一向年光有限身）注④。

【评析】

本篇写春日忆旧念远之情，表现"怜取眼前人"的旷达胸怀。上片先写抒情主人公春天清晨酒醒的情景，所写环境为卧室，物态生动，人情亦宛然如在目前。开头的"帘旌"一句，就已摇曳生姿，给人以赏心悦目之感。帘旌因风而动，这里却不点出"风"字，仅言"浪卷"；帘动而帘上的绣凤也像跟着飞舞起来。这些动态的描写，可见作者体物之心极为细微，笔触极为含蓄。次句一个"蕾松",将酒初醒时迷糊之态形容无余,用字极简练准确。以下用海棠喻春睡,以飞絮喻梦境,人情与物态融而为一,而所写的都是常见之物,所用的都是常见之语,可见作者善于濯陈为新。下片就景遣怀,追忆旧欢往事,沉思遐想之余,托出"不如怜取眼前人,免更劳魂兼役梦"的主题。类似的句子,在大晏词中出现过几次,叶嘉莹先生认为这是"表现了大晏的一种明决的面对现实的理性"。

木兰花

　　燕鸿过后莺归去，细算浮生千万绪①。长于春梦几多时，散似秋云无觅处②。　　闻琴解佩神仙侣③，挽断罗衣留不住。劝君莫作独醒人④，烂醉花间应有数⑤。

【注释】

　　①浮生：短暂无定的人生。参见前《采桑子》(春风不负东君信)注④。　　②"长于"二句：化用唐白居易《花非花》诗："来如春梦几多时，去似朝云无觅处。"　　③闻琴：用卓文君事。《史记·司马相如列传》载，卓文君新寡，司马相如以琴心挑之，奏求凰之曲，文君闻琴心动，夜奔相如，二人结为夫妇。解佩：用郑交甫江汉遇女仙事。据《列女传》，郑交甫游于汉水之滨，江妃二女解玉佩以赠之。神仙侣：神仙一般的伴侣，指幸福美满的情人。　　④独醒人：语出屈原《渔父》："举世皆浊我独清，众人皆醉我独醒。"指不合时流、不与世俗同流合污的清高之人。　　⑤有数：有宿缘。唐白居易《村中留李三固言宿》诗："如

我与君心，相知应有数。”

【评析】

本篇慨叹浮生之短暂、人事之乖离，主张以酒解忧，及时行乐。这本是晏殊词中最常见的主题，但他却能时时变换手法和语境以反复表现之，所以使人读来仍有新鲜之感。即如本篇，就点化典故及前人的诗句入词，自然贴切如己出，前人的语言材料的丰富含蕴，已经有机地融入作者营造的意境之中。词的上片，写忧愁之产生。首两句，感叹时节的迅速变易和人生的无穷纷扰。后两句，化用白居易诗句，以比喻之笔描述人生短暂、聚散无定。下片写忧愁之排遣和化解。过片两句，承上“春梦”、“秋云”之恨而来，写意中人的决然离去给作者带来了无尽的愁苦。这里化用典故和神话传说，使词情更加缠绵而悠长。末两句陈述解愁之方，亦融化前人语而出之，以示古今一例，自己的想法乃是承前人而来。这里字面上是“劝君”，实亦兼劝己。全篇用笔流畅，虽情调略趋颓唐，但一气舒卷，意脉贯串，颇能打动人心。

木兰花

池塘水绿风微暖，记得玉真初见面①。重头歌韵响铮琮，入破舞腰红乱旋②。 玉钩阑下香阶畔③，醉后不知斜日晚。当时共我赏花人，点检如今无一半④。

【注释】

①玉真：原指女仙，这里代指歌妓舞女。

②"重头"二句：重头、入破都是唐宋乐曲的术语，词之前后阕完全相同者、曲中前后数首同调者称为"重头"；唐宋大曲每套都有十多遍，分为散序、中序、破三大段，破段的第一遍称为"入破"，大曲音乐演奏进入曲破之后，曲度由缓转急，节拍急促繁碎，舞蹈节奏也随之加快。铮琮：金属、玉器碰击之声，这里指美妙的歌声。乱旋(xuàn)：指舞姿回旋。 ③玉钩：帘钩的美称。南唐李璟《浣溪沙》词："手卷真珠上玉钩。"香阶：台阶的美称。南唐李煜《菩萨蛮》词："刬袜步香阶，手提金缕鞋。" ④点检：查点。

【评析】

这也是大晏词中的名篇。它之所以传诵人口，大约是因为大晏的怀人恋旧词大都写得圆融而平静，常露旷达超脱之思，而此词却一反他的主导风格，沉哀入骨，以伤感之语取胜，因而别有一种能够使人感同身受的悲怆之美。全篇由怀念一个歌舞妓扩展到怀念所有的旧交昔游，从消极的一面去表达"及时行乐"的思想。词的上片，怀念一位色艺双绝的歌舞妓，场面描写得十分热闹华丽，这是为了反衬今日的孤独寂寞，以表露思念之情。开头两句，写重游旧地，发觉风景依然，于是回忆起当初在这里第一次与美人见面。后两句，以工丽的对偶，描述当年这位美人绝妙的歌舞技艺。"重头"、"入破"皆为"管弦家语"，由此足见作者对音乐的造诣之深，亦足见作者之所以对该女难以忘怀，是因为他们之间有莫逆于心的知音关系。"响铮琮"是表明琴声响亮，"红乱旋"则形容其舞姿优美。这些都是作者记忆链条上的亮点。下片抒写恋旧伤感之怀。过片两句，写自己孤单寂寞，只好于花前饮酒，解闷消愁。末两句，低头长叹，念及整个人生，情怀悲慨已极，引起后人普遍共鸣。清人张宗橚评论说，此两句使人感到"往事关心，人生如梦，每读一过，不禁怅然"。

木兰花

　　玉楼朱阁横金锁[①]，寒食清明春欲破[②]。窗间斜月两眉愁，帘外落花双泪堕。　　朝云聚散真无那[③]，百岁相看能几个。别来将为不牵情[④]，万转千回思想过。

【注释】

　　①玉楼：华贵的楼阁。金锁：铜制的锁。　　②春欲破：春天将尽。　　③无那（nuò）：无可奈何。④将为：以为，表示测度和推断的动词。

【评析】

　　这是一首儿女情长的艳词，写来哀婉缠绵，一往情深，颇异于他集子中那些圆融平静之作，而与其子晏几道及秦观的词风相近。词的上片，写春晚感物而生愁，情景交融而富有韵味。首两句点明时节已是晚春，但非纯写景之笔，"横金锁"的幽静庭院，正锁着满楼、满院的春愁。后两句，按《木兰花》词格律的安排，用了对偶，恰切地写出了愁之深、恨之浓，情、景相衬，人、物互喻，意境极为佳妙：窗前斜月弯弯，好似两眉愁聚；帘外落花簌簌，亦如双泪坠地。下片发为感慨，写出了人生不如意的大悲哀。过片两句，有的评论家斥之为"不充实、不深刻"的"无病呻吟"，实则不但内容充实（富含人生经验）、感情深刻（聚散无常的大悲哀），而且情中有思，启人联想到宇宙间的无情规律。结尾两句，说是当初分别之时，我以为自己不至于为她牵情，谁知事后我竟万转千回地想念起她！这一心灵自白，尤为哀婉缠绵。

木兰花

朱帘半下香销印①，二月东风催柳信②。
琵琶旁畔且寻思③，鹦鹉前头休借问④。
惊鸿去后生离恨⑤，红日长时添酒困。未知心
在阿谁边⑥，满眼泪珠言不尽。

【注释】

①香销印：古人在香烛上刻上标记，根据燃烧的
长短计算时间，香印即指香烛上的印记，香销印是指
香印已经全被烧尽了，天很晚了。　②柳信：柳树回
春的信息，指东风催促柳树发芽。　③"琵琶"句：
暗用唐白居易《琵琶行》："弦弦掩抑声声思，似诉平
生不得志。低眉信手续续弹，说尽心中无限事。"
④"鹦鹉"句：语本唐朱庆馀《宫词》："含情欲说宫
中事，鹦鹉前头不敢言。"　⑤惊鸿：喻指恋人。曹
植《洛神赋》："翩若惊鸿。"　⑥阿谁：谁，何人。
《三国志·蜀书·庞统传》："向者之论，阿谁为失？"
古乐府《十五从军征》："羹饭一时熟，不知贻阿谁？"

【评析】

　　本篇写一位歌妓春日独处、感情无所寄托的苦闷心态。全篇以描写人物的心理活动为主，较为成功地反映了特定环境中的特定情感。这位女子大约是晏殊这位大官僚的家妓，她住在华丽温馨的相府后堂，生活不可谓不优裕，但作为供人笑乐的艺妓，她的身心并不自由，在没有"演出任务"的时候只能独处闺中，感情上十分无聊。纵有青春的萌动和儿女之情事，也不敢告人。词的上片即写她春日幽居的愁苦。首句写她春闺独处：朱帘半下，可见她日晚倦起；香印全消，表明她一夜无眠。次句以写景之笔，暗示她的愁苦是因感春、伤春而起。"琵琶"两句，不但点明她的艺妓身份，而且展现了她此时的心理活动：她倚着琵琶呆呆地想心事，但这些事情只能闷在心里，难以对人启齿，连在鹦鹉面前也不敢念叨（怕它学舌告诉主人）。叶嘉莹先生对上片的这些描写极为赞赏，认为"这些词句，皆所谓不言金玉而自有富贵气象者"。此说固然不错，但我们赞赏这些句子，更重要的原因还在于它们贴切地写出了特定环境中的人物心理，具有很高的典型性。词的下片，则对女主人公的心事进行具体描绘和渲染。过片两句，引自然物象入词，言满腔心事由来已久：去年秋日"惊鸿"（此语意双关，暗喻其离去之情人）去后她就产生了离恨，直至腊去春回，对方迄无音讯，当此红日渐长之时，她独处无聊，惟有饮酒至醉。"未知"句始点出心情烦乱之由：分离已久，不知情人是否已移情别恋了？结句加重表现相思之愁，在形神兼备的人物情状描写中，将女主人公的悲苦心态充分地托现出来了。

木兰花

杏梁归燕双回首①，黄蜀葵花开应候②。画堂元是降生辰，玉盏更斟长命酒。　　炉中百和添香兽③，帘外青蛾回舞袖④。此时红粉感恩人，拜向月宫千岁寿。

【注释】

①杏梁：华丽的屋宇，参见前《采桑子》（春风不负东君信）注②。　②黄蜀葵：草名。俗名秋葵。近道处多有之。春生苗，叶似蜀葵而尖狭，多刻缺。夏末开花，浅黄色。此句言"开应候"，则指夏末秋初之时。唐人薛能有《黄蜀葵》诗、韩偓有《黄蜀葵赋》，可参看。　③百和：香料名。《汉武帝内传》："七月七日设座殿上，以紫罗荐地，燔百和之香。"南朝梁何逊《七夕诗》："月映九微火，风吹百合香。"香兽：兽形香炉。　④青蛾：妇女用青黛画的眉。杜甫《一百五日夜对月》诗："想像颦青蛾。"这里借以代指舞女。

【评析】

这是一首寿词。寿主应是家中女主人，即作者的夫人。词的上片写生辰所逢的节候及在家中开寿宴的情景。前两句以"杏梁归燕"和"黄蜀葵花"点明时令是夏末，开宴时间是黄昏。后两句写画堂设宴，以酒祝寿。下片写祝寿宴会的场景。过片两句写出了相府内部的"富贵气象"。末两句，将寿主拟为月宫仙子，以表祝其长寿之诚意。此词写得浅俗凡庸，不足称道。

木兰花

紫薇朱槿繁开后①，枕簟微凉生玉漏②。玳筵初启日穿帘③，檀板欲开香满袖④。红衫侍女频倾酒，龟鹤仙人来献寿⑤。欢声喜气逐时新，青鬓玉颜长似旧。

【注释】

①紫薇、朱槿：皆为花名，参见前《清平乐》（金风细细）注④。　②玉漏：古时玉制或玉饰的计时器。　③玳（dài）筵：以玳瑁装饰坐具的宴席，指华美丰盛的筵席。三国魏刘桢《瓜赋序》："布象牙之席，薰玳瑁之筵。"南朝陈江总《今日乐相乐》诗："绮殿文雅道，玳筵欢趣密。"　④檀板：歌唱时打拍子用的檀木拍板。唐杜牧《自宣州赴官入京路逢裴坦判官归宣州因题赠》诗："画堂檀板秋拍碎，一引有时联十觞。"　⑤龟鹤仙人：晋郭璞《游仙》诗有"借问蜉蝣辈，宁知龟鹤年"之句，古代传说龟、鹤都寿至千岁，故称长生不老的仙人为龟鹤仙人。

【评析】

这也是一首寿词，寿主也是一位女性。比起前一篇（杏梁归燕双回首），本篇设色更秾艳，更注重"富贵气象"的渲染。如上片写节候，则紫薇朱槿、玉漏冰簟，予人以五色迷目之感；写宴席，则珧筵珠帘、檀板香袖，是一派金玉满堂的豪华气象。论者常称赞晏殊"不言金玉而自有富贵气象"，其实不尽然，此词（还有晏殊集子中的不少作品）就有夸示其优裕的物质生活的庸俗的一面，这证明了雅士高人也是人，而且很可能是比一般人物质享受欲更强烈的人。下片表祝寿之忱，尽管把场面上的人物喻为上仙，但世俗意味依然十分浓烈。宋仁宗时期号称歌舞升平的"盛世"，官僚士大夫宴乐之风遍及海内，从结尾的"欢声喜气逐时新"一句可以看出，作为朝廷百官之首的晏殊，是如何领导着时代"新潮流"的。如果说晏殊这类寿词有什么社会意义的话，大概就在于它们比较真实地保留了当时上层士大夫文化生活的若干画面。

木兰花

　　春葱指甲轻拢捻[①]，五彩条垂双袖卷。雪香浓透紫檀槽[②]，胡语急随红玉腕[③]。当头一曲情无限，入破铮琮金凤战[④]。百分芳酒祝长春，再拜敛容抬粉面[⑤]。

【注释】

　　①春葱：喻女子纤细洁白的手指。唐白居易《筝》诗："双眸剪秋水，十指剥春葱。"拢、捻（niǎn）：皆为琵琶指法。白居易《琵琶行》："轻拢慢捻抹复挑。"　　②紫檀槽：紫檀木做的琵琶上架弦的格子。　　③胡语：琵琶声。杜甫《咏怀古迹五首》其三："千载琵琶作胡语，分明怨恨曲中论。"　　④入破：唐宋乐曲术语。铮琮：指乐器弹奏的声音。参见前《木兰花》（池塘水绿风微暖）注②。金凤：指女子头上所插的金凤钗。唐皮日休《偶成小酌招鲁望不至，以诗为解，因次韵酬之》诗："金凤欲为莺引去，钿蝉疑被蝶勾将。"金凤、钿蝉皆指首饰。战：颤动。　　⑤敛容：严肃其面容。白居易《琵琶行》诗："沉吟放拨插弦中，整顿

衣裳起敛容。"

【评析】

这首词也是在庆贺生日宴会上所作，但与前面那些寿词不同的是，它的主题不是表祝寿之意，而是描写宴会上献艺的一位妓女。这是一位善弹琵琶的乐妓。词的上片，写她当筵演奏琵琶。首两句，写她的惯弹琵琶的美丽的双手。她在宾客面前从容地卷起五彩条垂的双袖，露出皓如霜雪的莹洁手腕，然后运用春葱一般纤巧修长的指甲，开始了"轻拢慢捻抹复挑"的琵琶弹奏。这里，写她的手的美丽，是为了映衬出她技艺的高妙和乐声的美妙。后两句，即由人手转到乐器，让人看到妙手与乐器一结合，美好的音乐就随之而出了。这一系列描写，好似现场"实况录像"，故时间、空间感都极强。下片方写到这位乐妓的琵琶弹奏，是为祝寿宴会助兴。过片两句，承上片而来，续写乐妓演奏的情态。用"当头"、"入破"等"管弦家语"表示演奏之技艺精湛而到位，用"情无限"、"金凤战"赞美演奏者的激情表演与绰约风姿。末两句方点出祝寿之正题，但仍以对演奏者形象和动作的描写作结。

通篇以写人（特殊身份的人）为中心，一笔不懈地写到底，处处关合其性别、相貌和职业特征，可谓以词描写具体人物形象的成功之作。

木兰花

红绦约束琼肌稳①，拍碎香檀催急衮②。
垅头呜咽水声繁③，叶下间关莺语近④。
美人才子传芳信，明月清风伤别恨。未知何
处有知音，长为此情言不尽。

【注释】

①红绦（tāo）：红丝线织成的衣带。琼肌：像玉一样细腻洁白的肌肤。　②香檀：打拍子用的檀板。急：乐曲中节拍加快的乐段，亦称急遍。衮（gǔn）：指衮遍、杀衮，皆唐宋大曲乐段名。　③"垅头"句：形容乐器演奏的声音。汉乐府横吹曲《陇头水》："陇头流水，鸣声呜咽。"垅头，即陇头。　④"叶下"句：形容乐器演奏的声音。白居易《琵琶行》："间关莺语花底滑。"间关，鸟鸣声。

【评析】

与前篇（春葱指甲轻拢捻）一样，本篇的描写对象也是乐妓，但前篇仅仅描写其人的形貌和音乐技艺，而本篇则由形入神，为其人写心。故前篇仅为记事，本篇则是抒情之作。上片与前篇的上片内容相仿，写乐妓当筵演奏琵琶。下片则转入抒情，写这位乐妓的伤离恨别的满腔愁思，写她的知音难觅的痛苦。细玩词意，作者实际上是在借他人杯酒，浇自己胸中块垒。大晏词中时有借写歌女而自诉身世之感和失意之怀的作品（如后面的《山亭柳》），本篇大约也是寄寓他自己"未知何处有知音"的孤寂情怀的吧？

木兰花

绿杨芳草长亭路，年少抛人容易去^①。楼头残梦五更钟，花底离情三月雨。　　无情不似多情苦，一寸还成千万缕^②。天涯地角有穷时，只有相思无尽处。

【注释】

①年少：少年人，指女子所爱恋的情郎。

②"一寸"句：化用五代前蜀韦庄《应天长》词："别来半岁音书绝，一寸离肠千万结。"一寸，指愁肠，亦即愁心。

【评析】

这首抒写相思之情的小词，亦属传诵久远的宋词名篇之列。但对于它何以能打动人心、脍炙人口，古今评论家却有两种不同的说法。一种意见认为，它的长处在于"清雅含蓄"、"含蕴无穷"，因而"耐人玩味"。另一种意见则认为，它的优点恰在于"直说"，在于其出语"爽快决绝"。权衡二说，我以为后一说比较接近事实。此词的基本写法，确是直抒胸臆，以爽快决绝的情语来打动人心，引发读者的共鸣，而并没有刻意去进行婉曲含蓄的意境营造。词的起句一点明春景，就以"长亭路"逗出离情；次句抱怨情侣"抛人容易去"，即已直言标出抒情主题。"楼头"一联，情景交融，语语逼真，活脱脱写出相思之苦、离恨之深。下片更是纯用白描，直抒胸臆，不事雕炼，只道真情。其作意，虽如论者所言，是受李后主"一片芳心千万绪，人间没个安排处"两句启发，但心灵体验却完全是作者自己的。所以它能深深地打动人。

迎春乐

　　长安紫陌春归早①，觯垂杨、染芳草②。被啼莺语燕催清晓。正好梦、频惊觉。　　当此际、青楼临大道③。幽会处、两情多少。莫惜明珠百琲④，占取长年少。

【注释】

　　①长安：代指北宋都城汴京。紫陌：京城郊野的道路。李白《南都行》诗："高楼对紫陌，甲第连青山。"　　②觯（duǒ）：下垂。　　③青楼临大道：化用三国魏曹植《美女篇》诗："青楼临大路，高门结重关。"青楼，指富贵人家的闺阁。后亦用以指妓院。④琲（bèi）：贯珠。珠十贯为一琲，一琲共有珠五百枚。百琲，极言明珠之多。

【评析】

　　《迎春乐》这一词调，首见于柳永《乐章集》。为双调小令，有好几个体，字数从四十九字至五十三字不等。本篇为五十三字体，上片四句四仄韵，下片四句三仄韵。柳永集中《迎春乐》一首,用这个调名的本义,写恋妓之情。晏殊此作,大致也是如此,只不过比起柳永那一首来,用语要雅洁一些,风格要清疏得多。全篇叙述京城春日追寻青楼（妓院）之欢的经过和感想。上片写京城汴京春天来得早,春光引动了春情。这里描绘春景用字贴切而灵动,"皲"字"染"字,皆极准确生动;"催"字"频"字则不但生动,且将人的心理感触也表现出来了。下片则直陈及时行乐之旨,语意浅白,致使全篇乏高远之境,无悠长之韵,实难称佳作。

诉衷情

　　青梅煮酒斗时新①，天气欲残春。东城南陌花下，逢着意中人。　回绣袂②，展香茵③，叙情亲。此情拚作④，千尺游丝⑤，惹住朝云⑥。

【注释】

　　①青梅煮酒：古人于春末夏初时，以青梅、青杏煮酒，取其新酸醒胃。斗：趁。时新：应时的新异物品。　②绣袂：女子的衣袖。　③茵：铺地的席子、垫子。　④拚（pàn）：甘愿，豁出去。　⑤游丝：蜘蛛、青虫等吐出的飘荡在空中的丝。　⑥惹：牵扯住。朝云：喻意中人。语本宋玉《高唐赋》，前已注。

【评析】

　　《诉衷情》为唐教坊曲，用作词调，始见《花间集》。有单调、双调两体。宋人一般都用双调之体。如晏殊集中九首，就全为双调体。此体四十四字，连缀三、四、五、六、七字句，形成长短错落、回环曲折的抒情气势，上片四句三平韵，下片六句三平韵。本篇即利用此调的形式特征，来抒写春日男女缠绵之恋情。上片写暮春时节郊外游赏，巧遇心上人。首两句，先写时令。以酒之趁季节来标明天气的变化，不落常套；趁时新而曰"斗"时新，运意尖新醒目而不显生硬。后两句，由"时"及"地"，由"地"及"人"，写出恋爱的环境和恋情本身。这两句稍嫌直白，但也算纪实之笔，写得干净利落。吴梅先生斥之为"庸劣可鄙"，恐失之过苛，大晏不受也。下片叙写恋情之热烈、绵长。过片三个三字句，流畅而简洁地铺叙芳郊欢会的情景，而以"叙情亲"为其主脑——这也是一篇之主脑。末三句，化实为虚，另立新意，以比兴的手法，托出自己爱情的心愿。情感幽婉，格调高雅。叶嘉莹对这三句情语极为欣赏，以为它们"虽作艳语，自有品格"，能唤起人们心中的"一份深挚的情意"（《大晏词的欣赏》）。

诉衷情

　　东风杨柳欲青青，烟淡雨初晴。恼他香阁浓睡，撩乱有啼莺①。　　眉叶细②，舞腰轻，宿妆成③。一春芳意，三月和风，牵系人情。

【注释】

　　①"恼他"二句：用唐金昌绪《春怨》诗意："打起黄莺儿，莫教枝上啼。啼时惊妾梦，不得到辽西。"②眉叶：眉毛描画得像柳叶。　　③宿妆：隔夜的化妆打扮。南朝梁何逊《嘲刘孝绰》诗："雀钗横晓鬓，蛾眉艳宿妆。"唐薛能《吴姬十首》诗其二："何人画得天生态，枕破施朱隔宿妆。"

【评析】

　　此词写一位歌舞妓的春日怨情。上片，写春日风物引动了女主人公的愁怀。首两句写春景，笔触清疏，景致如画。后两句，化用唐人诗意，变化而成新境，以突显香闺独处者的百无聊赖的情怀。这里使用倒装句，使意思更为曲折。"恼他香阁浓睡，撩乱有啼莺"两句，按理应为："恼他莺啼，撩乱香阁浓睡。"作者故意打乱语序，并非单单为了调适平仄，而主要是用以暗示女主人公心绪之烦乱。下片具体描写女主人公的"芳意"和"人情"。但整个儿写得表面化和一般化，所以未能激起读者的审美共鸣。过片三句，仅仅是一般化、普泛化地描绘女子的美色；结尾三句写"春情"，更全是诗词中常见的套话，未能突出"这一个"的特点。

诉衷情

芙蓉金菊斗馨香①，天气欲重阳。远村秋色如画，红树间疏黄②。　　流水淡，碧天长，路茫茫。凭高目断③，鸿雁来时，无限思量。

【注释】

①芙蓉：指木芙蓉。晏殊词中所咏芙蓉多指此。斗：比，争。　②红树：指秋天叶子变红的树，如枫树、乌桕树等。间：夹杂。　③目断：望尽，望到望不见。

【评析】

据夏承焘《唐宋词人年谱·二晏年谱》考证，这首词是宋仁宗宝元元年（1038）所作。这一年晏殊四十八岁，五月前自陈州召还京城担任御史中丞三司使，此词是秋天在汴京登高远望时所作。这是大晏词中为数不多的有时地可考的作品之一。它就秋景而抒情，展示了这位久历宦海、将近"知天命"之年的文化人高旷广远的胸怀。词的上片，以清丽疏朗的笔触，描绘京城汴京市郊的瑰丽秋色，词中有画，给人以舒心悦目的美感。下片情景交融，展现作者高朗澹荡的胸怀。"流水淡，碧天长，路茫茫"三句，亦景亦情，极富象征性，实际上已将词人的心境暗示出来。结尾三句，托出抒怀的本旨，却不点明情思之所向，仅言"无限思量"，这就给读者留下了驰骋想象的空间，使全篇所造之境耐人寻味，启人思考。这是大晏"情中有思"的杰作之一。

诉衷情

　　数枝金菊对芙蓉[①]，摇落意重重[②]。不知多少幽怨，和露泣西风。　　人散后，月明中，夜寒浓。谢娘愁卧[③]，潘令闲眠[④]，心事无穷。

【注释】

　　①芙蓉：指木芙蓉。　　②摇落：凋谢，零落。宋玉《九辩》："悲哉秋之为气也，萧瑟兮草木摇落而变衰。"　　③谢娘：指妓女。唐白居易《代谢好答崔员外》诗："青娥小谢娘，白发老崔郎。"　　④潘令：即晋代美男子潘岳，他曾任河阳令，故称潘令。这里用以代指词中的男主人公。

【评析】

　　据夏承焘《二晏年谱》，本篇与前篇（芙蓉金菊斗馨香）创作时地相同，都是宋仁宗宝元元年（1038）秋天在汴京所作。两词都以木芙蓉和菊花起兴，但所抒发的情感和所创造的境界却决然不同：前一篇抒写登高怀远时的旷达之怀，境界高朗；本篇写才子佳人秋日的"幽怨"，情调凄婉而忧伤。此词以凋零的花朵起兴并以之作为象征，抒写秋深时节分离的男女双方的相思之情。词的上片写木芙蓉和菊花在西风中凋谢，心事"重重"，满怀"幽怨"，并"和露"而"泣"，这已经不是单纯地写景和咏物，而是借物写人，写秋日分离中的情人。下片直接写到人，以"谢娘愁卧，潘令闲眠，心事无穷"与上片的金菊芙蓉摇落愁惨之状相呼应。这就组成了一个完整的抒情境界，相思主题得以尽现。

诉衷情

露莲双脸远山眉①，偏与淡妆宜。小庭帘幕春晚，闲共柳丝垂。　　人别后，月圆时，信迟迟②。心心念念，说尽无凭，只是相思。

【注释】

①"露莲"句：脸如带露的莲花（荷花、芙蓉），眉毛如远山。远山眉，语出《西京杂记》卷二："（卓）文君姣好，眉色如望远山，脸际常若芙蓉。"　　②信迟迟：盼望中的书信一直没有来到。

【评析】

本篇写晚春时节闺中人的孤寂无聊情怀，风格幽婉闲淡，且有清雅自然之美。上片，以人与景相映发，写出闺中人的寂寞无聊。首两句写闺中人的姣好容貌：她的双脸如带露的莲花，双眉如远处的春山，这种天然的美，与她的淡妆特别相称。晏殊对于女性，似乎最欣赏淡妆美，其词屡见称赞淡妆之句，如《菩

萨蛮》云："淡妆梳洗时"；《浣溪沙》云："淡淡梳妆
薄薄衣"；《红窗听》云："淡薄梳妆轻结束"，等等。
这与他的雅洁轻倩、明净高朗的审美总倾向是一致的。
三四句写春晚小庭，幽悄无声，以静景映淡妆，十分
谐调地烘染出闺中人处境之孤单与心绪之落寞。下片
代闺中人言情，诉说她绵绵无尽的相思。"心心念念"
三句，虽用语浅直，但情意真挚，哀婉动人，吴梅先
生《词学通论》却斥之为"庸劣可鄙"，未知何所见何
所感而云然？

诉衷情

　　秋风吹绽北池莲，曙云楼阁鲜①。画堂今日嘉会，齐拜玉炉烟。　　斟美酒，祝芳筵，奉觥船②。宜春耐夏，多福庄严。富贵长年③。

【注释】

　　①曙云：清晨天空的云霞。　　②觥船：大酒杯。③长年：长寿。

【评析】

　　这也是一首祝寿词。晏殊此类词，大多为应酬之作，没有什么美妙的意境和深远的含意。但其中的一些篇章，尚能以自然物为陪衬，来表达美好的祝愿，使得作品既有富丽闲雅的风格，又有自然清新的韵致。本篇即有这一特点。他所描写的，是一个极其普通的官宦人家的祝寿宴会，若是仅仅写画堂情景、歌舞杯酒和祝颂之语，则势必千家一景、千人一面、千口一声，与众多的寿词雷同。晏殊则善于以景物为点缀，见出此篇与彼篇的不同。词一开头，即以如画之笔，描绘出这场寿筵的独特背景：时当夏末秋初，昨夜秋风初起，吹绽了北池晚开的莲花；今晨天气晴朗，朝霞（曙云）映照楼阁，一片新鲜明丽。在这一幅清新亮丽、生气勃勃的秋晨风景图下，后面出现的画堂嘉会、席上歌酒及照例的恭维颂美之语，虽为司空见惯的东西，但就不显得庸俗和老套了。节候、景物的特征与寿筵的欢乐喜庆气氛是相得益彰的。景与情、事相谐，是本篇的一大优点。

诉衷情

世间荣贵月中人①，嘉庆在今辰②。兰堂帘幕高卷，清唱遏行云③。　持玉盏，敛红巾，祝千春④。榴花寿酒，金鸭炉香⑤，岁岁长新。

【注释】

①月中人：月中仙人，这里指寿主。　②今辰：今天。辰，通"晨"。《诗经·齐风·东方未明》："不能辰夜，不夙则莫。"　③清唱遏行云：形容歌声高亢嘹亮。　④千春：千年，指长寿。　⑤金鸭炉：鸭形金属香炉。

【评析】

这首词是晏殊祝寿词中套话连篇、庸俗凡近的那一类。与那些带有对亲人、友人的真挚感情的寿词不同，甚至与前面个别的虽然抒情成分淡薄，但能结合时节风物写出些许情致和境界的寿词也不同，本篇似乎只能一般化地铺写随时随处可见的富贵人家寿筵场景（兰堂帘幕、玉盏红巾、榴花寿酒、金鸭炉香、席前歌舞等），且用语俗艳、金玉满眼；写到寿主时也是用庸俗的谀颂之词（如"世间荣贵月中人"，着重的是其人世俗的"荣贵"身份和地位），"岁岁常新"的颂语，更是一点也不新的适用于万人、万事的陈词滥调。这样的作品，尽管符合寿词的一般要求，尽管谐音律、合平仄、能当筵演唱，但也不能算成功之作，因为它缺少抒情诗词应有的要素——情感和意境，而只有"应用文"的价值。

诉衷情

海棠珠缀一重重①，清晓近帘栊②。胭脂谁与匀淡，偏向脸边浓。　　看叶嫩，惜花红，意无穷。如花似叶，岁岁年年，共占春风。

【注释】

①海棠珠缀：海棠花带上一串串露水，如同珍珠。②帘栊（lóng）：挂着帘子的窗户。

【评析】

这首词以花起兴，赞颂一位女子（可能是一位青楼女子，也可能是词人的家姬或家妓）的美貌和青春，表现词人的爱美之心。运笔的线索是从室外到室内、从花到人。上片先写海棠花，以花朵之艳丽，映衬人面之娇美。作者特意挑选清晨带露的海棠花来描写，因为这一时辰的花最鲜活，最亮丽，最有青春气息，最像青春年少的美女。从画面上看，窗外的娇花与窗内的靓女互相映衬，互相比美，气韵生动，俨然一幅赏心悦目的清晓美女海棠图。下片则合花、人为一体，变描叙为抒情，赞花亦赞人，表现出作者深挚而绵长的爱美、爱青春之情。过片三句，为词中女主人公写心，说她在窗前赏花，"看叶嫩，惜花红，意无穷"。意者，女子的青春之思也。末三句则是作者对女主人公的美好祝愿：愿她永远像海棠叶、海棠花那样美丽鲜活，年年岁岁共占春风。此词风格清婉，造境明丽，语言浅近而亲切，允称言情佳作。

诉衷情

寿

幕天席地斗豪奢①，歌妓捧红牙②。从他醉醒醒醉③，斜插满头花。　车载酒，解貂贳④，尽繁华。儿孙贤俊，家道荣昌，祝寿无涯。

【注释】

①幕天席地：以苍天为幕，以大地为席。语出晋刘伶《酒德颂》："行无辙迹，居无室庐，幕天席地，纵意所如。"斗豪奢：争比豪华奢侈。　②红牙：歌唱时打拍子用的红牙板。　③从：任随，任从。④"车载酒"两句：用"貂裘换酒"典故。貂裘为达官贵人之服，以之贳（shì，赊欠）酒，形容贵人或名士的风流放诞。旧题汉刘歆《西京杂记》卷二记司马相如与卓文君还成都，以鹔鹴裘向市人贳酒。又《晋书·阮孚传》载：阮孚"尝以金貂换酒，复为所司弹劾。"

【评析】

这是一首寿词。与一般纯属应酬、先说门面话的寿词显得有所不同的是，本篇着重描写了人——寿主，不但写了他的身份和社会地位，还写了他的风度和个性。上片通过对寿宴的豪阔和寿主的狂态的描写，表现出寿主是一个西晋式的高级文化人：既有刘伶的放浪形骸的酒人风度，又有石崇的夸豪斗富的霸蛮气概。过片三句，对寿主风流放诞的名士风度再加揄扬，结尾才循寿词惯例，致祝颂之意。通篇虽仍不免充溢富贵庸俗之气，但在描写人这一点上还是不落套的。

诉衷情

喧天丝竹韵融融①，歌唱画堂中。玲女世间希有②，烛影夜摇红。　一同笑，饮千钟，兴何穷。功成名遂，富足年康，祝寿如松。

【注释】

①丝竹：泛指乐器。融融：和暖的样子。语本唐杜牧《阿房宫赋》："歌台暖响，春光融融。"这里用以形容乐曲声融洽和谐。　②玲女：即唐代杭州名妓商玲珑。白居易为杭州刺史，官妓商玲珑巧于应对，善歌舞，很受白居易及其友人元稹喜爱。元稹《重赠》诗云："休遣玲珑唱我诗，我诗多是别君词。"题下自注云："乐人商玲珑能歌，歌予数十诗。"（见《全唐诗》卷四一七）此处以商玲珑代指宴会上的歌女。希有：稀有。

【评析】

这也是一首寿词。与前一首《诉衷情》（幕天席地斗豪奢）的偏重于描写寿主本人不同，本篇又回到晏

殊寿词的常轨上来：先写场面，后致颂辞。本篇也像
他的大多数寿词一样，充满世俗富贵情调，但作为特
定环境中的"应用文"，还是写得比较得体和成功的。
上片写寿筵，处处注意突出设宴者的富贵崇高的身份，
地位和排场。丝竹而曰"喧天"，可见官位之高和席面
之大；歌女为"世间稀有"，则只有高级显贵才养得起
或雇得起。夜深烛影摇红，可见宴会时间之长，影响
之大。下片"功成名遂，富足年康"皆承此而来。看
来作者是为一位与自己地位相近的官员祝寿，故本篇
颂人亦自颂也。

胡捣练

　　小桃花与早梅花，尽是芳妍品格。未上东风先拆①，分付春消息②。　　佳人钗上玉尊前，朵朵秾香堪惜。谁把彩毫描得，免恁轻抛掷③。

【注释】

　　①拆：指花朵开放。　　②分付：表露，表示。③恁（nèn）：这样，如此。

【评析】

　　《胡捣练》，又名《望仙楼》，调始见于晏殊《珠玉词》。为双调仄韵小令，共四十八字，上下片各四句三仄韵。此调《珠玉词》中仅此一首，它是一首咏物词，通过咏写桃花和梅花，表现作者爱惜春光、爱恋美好事物的心情。本篇不像一般咏物词那样，先写其物的环境，次写其物的外形，再由形到神，寄寓某种感情或思想，而是干脆略去对物之外形的具体描绘，直接发出赞美之辞，并表达自己的感情倾向。词的上

片，先述赞辞。首两句，称赞早梅花与小桃花都具有
芳香艳丽的青春"品格"。花本无知之物，并不是人，
无所谓"品格"，这里郑重其事地说它们有人之"品
格"，就将花的地位提升了。后两句说此二花之所以可
爱，是因为它们是报春之物，它们的开放标志着春之
来临。下片抒写惜花的心情。触发作者感情的一件事
是：美丽的花朵被摘下来，放在筵席上，插在美人头
上。这是暴殄天物。所以词人呼吁：赶快用彩笔把花
儿画下来，免得春光就此消失！

殢人娇

二月春风，正是杨花满路①。那堪更、别离情绪。罗巾掩泪，任粉泪霑汙②。争奈向、千留万留不住③。　　玉酒频倾，宿眉愁聚④。空肠断、宝筝弦柱⑤。人间后会，又不知何处。魂梦里、也须时时飞去。

【注释】

①"二月"两句：化用北周庾信《春赋》："二月杨花满路飞。"　②霑汙：沾湿，污染。汙，同污。③争奈向：怎奈，怎奈何。向，语助词，无实义。④宿眉：昨夜梳妆时画的眉。这里暗示一夜没睡觉。⑤宝筝：华美的筝。

【评析】

《殢人娇》又名《恣逍遥》，始见于柳永《乐章集》。但《词谱》以柳永词"疑有脱误，词又鄙俚，故不录"，而列晏殊此首为正体。此词双调，六十八字，上、下片各六句四仄韵，篇幅较一般小令为长，便于展开铺叙，比较从容地写景、叙事和抒情。本篇即用调名本意，写春闺女子哀婉绵长的相思之情。上片先从节候风物入手，引出春日怨思。杨花为惹动情思之物，前人诗词中屡见，词一开头就描写杨花满路，是运用这一有特定含义的传统意象，点明所抒之情为春日相思之情。以下追叙别情。"罗巾掩泪"云云，纯是当初分离时的实情实景，这里以回忆的口吻出之，遂化实为虚，使词境有空灵动荡之美。歇拍感叹"千留万留不住"，则是作一顿挫，使词情更加沉郁。下片由忆昔切入现实场景。过片两个四字句，呼应上片"那堪更、别离情绪"，自述别后之孤寂无聊和离情别恨之久久难消。"空肠断"一句，加浓对于孤栖独宿之状的渲染。然后发为"人间后会，又不知何处"的慨叹，愈见情感之怅惘。结尾一句，突发痴想，幻想将来在梦境里时时与情人能够相会。这里的情感表达非常含蓄而曲折：前面既说"后会不知何处"，则此句说梦魂准备"飞去"，岂非空想（飞往何处？）。但正因为这是徒劳无益的空想，才显出抒情主人公心之痴、情之切、怨之深。此词层层抒叙，抑扬宛转，由景入情，由外入内，由浅入深，这显示了：以小令见长的晏殊，实在也已具备了使用中调、长调来构境衍情的才能。

殢人娇

玉树微凉，渐觉银河影转。林叶静、疏红欲遍。朱帘细雨，尚迟留归燕。嘉庆日、多少世人良愿。　　楚竹惊鸾①，秦筝起雁②。萦舞袖、急翻罗荐③。云回一曲④，更轻栊檀板⑤。香炷远、同祝寿期无限。

【注释】

①楚竹惊鸾：指用楚地所产篠竹制作的排箫。唐孟郊《楚竹吟酬卢虔端公见和湘弦怨》诗："握中有新声，楚竹人未闻。识音者谓谁？清夜吹赠君……一叫凤改听，再惊鹤失群。"排箫乃编排竹管为之，大者二十三管，小者十六管，长短不同，状如鸟翼，故吹奏排箫称为"惊鸾"。　②秦筝起雁：筝柱斜列如雁行，故又名雁柱，起雁即指弹奏筝。秦筝，一种类似瑟的弦乐器，相传为秦国蒙恬所造。　③罗荐：用轻软丝织品做的卧席或垫子。唐卢照邻《观妓》诗："南国佳人至，北堂罗荐开。"　④云回：即"响遏行云"，形容歌声美妙。　⑤栊：疑为"拢"之误。拢，

用手握住。檀板：檀木做的打拍子的歌板。

【评析】

　　这是一首寿词。寿主的身份不明确，词中的感情抒写也远远谈不上深厚和真挚，但对节序变化和歌舞场面的描写却有声有色，颇见作者的艺术功力。上片写金秋乍临时自然风物的特征，观察较为仔细，感觉较为敏锐，运笔也较贴切。凉气曰“微”，银河影转曰“渐”，林叶曰“静”，疏红曰“欲遍”，雨水曰“细”，所有这些，都十分准确地表现出节候转换之初自然界的微妙变化。这一切都非闲笔，而是为作者所要赞颂的“嘉庆日”烘托环境气氛。下片则写这“嘉庆日”歌舞宴乐的盛况，而重点放在表现歌曲之美妙、舞蹈之热烈上。写演奏乐器，不直说管乐、弦乐，而采用形象化、动态化的描绘；再加上对舞者身姿（萦舞袖、急翻罗荐）、歌者动作（轻拢檀板）的生动勾画，整个寿筵场面的热闹、喜庆而高雅的气氛就全都呈现出来了。然后圆满地结：“香炷远、同祝寿期无限。”晏殊确乎是一位写寿词的高手，这从本篇熟练的谋篇布局、述事造境可见一斑。

殢人娇

　　一叶秋高[1]，向夕红兰露坠。风月好、乍凉天气。长生此日，见人中嘉瑞[2]。斟寿酒、重唱妙声珠缀。　　凤笙移宫[3]，钿衫回袂[4]。帘影动、鹊炉香细[5]。南真宝箓[6]，赐玉京千岁[7]。良会永、莫惜流霞同醉。

【注释】

　　①一叶秋高：即"一叶落而知天下秋"之意。《淮南子·说山训》："以小明大，见一叶落，而知岁之将暮。"唐李子卿《听秋虫赋》："时不与兮岁不留，一叶落兮天地秋。"　　②嘉瑞：祥瑞，这里指人长寿。③凤笙：笙。笙，同"管"。移宫：变换乐调，另奏新曲。　　④钿衫：装饰着金花的衣衫。　　⑤鹊炉：喜鹊形状的香炉。　　⑥南真：指道教神仙系列中的南真夫人。陶弘景《真诰·运象篇第一》："真妃又曰：'君师南真夫人，司命秉权，道高妙备，实良德之宗也……'"宝箓：道家符箓。　　⑦玉京：道教神话传说中的天帝居所。

【评析】

　　这也是一首寿词。从词中"人中嘉瑞"的赞语来看，寿主是一位享年较高的老人。"南真宝箓"云云，暗示寿主为女性。而从"莫惜流霞同醉"的亲切而平等的口气来推测，寿主大约就是词人自己的老伴。词中的一切描写、铺陈，都与此吻合，可谓十分得体，而非泛泛应酬。上片开头的景物描写，即与祝寿主题密切关合。秋空之高，象征寿主寿数之高；红兰之艳，映衬寿筵之盛；风月之好，益为寿筵之环境生色。以下写到寿主，写到筵席，写到祝酒献歌，场景的展示由远而近，由外而内，由景及人，自然而然，看似不经意，但层次井然，步步收缩，直至出现中心场面，点明祝寿主题。下片具体描写寿筵的情况，是以祝颂寿主为中心，而对于筵前歌舞（凤笙移宫、钿衫回袂）、堂上气氛（帘影动、鹊炉香细），则仅仅作简笔勾画。为避凡俗和陈套，这里不用一般的颂语，而援用道家典故，将寿主比喻为得宝箓之赐的玉京仙人。最后以"流霞同醉"、尽"良会"之欢的劝酒辞结束全篇，不说酒而称"流霞"，也是用道家语，切合"玉京千岁"的祝愿。

踏莎行

　　细草愁烟，幽花怯露，凭阑总是销魂处①。日高深院静无人，时时海燕双飞去②。　　带缓罗衣③，香残蕙炷④，天长不禁迢迢路⑤。垂杨只解惹春风，何曾系得行人住。

【注释】

　　①销魂：愁苦伤神。　②海燕：燕子的别称。古人认为燕子产于南方，渡海而至，故称海燕。　③带缓罗衣：因相思瘦损而衣带显得宽松了。语本《古诗十九首·行行重行行》："相去日已远，衣带日已缓。"缓，松，宽松。　④蕙炷：用蕙草做成的香柱。⑤"天长"句：言路比天还长远。禁，止。

【评析】

　　《踏莎行》一调，较早见于张先《张子野词》及晏殊《珠玉词》，为双调小令，五十八字，上下片各五句三仄韵，上下片皆四字句双起，例用对偶。此词写春日闺情，情思凄婉且感慨特深。上片写春景，景中含情，已显现闺中人幽单孤寂之状。首两句用拟人法，谓草"愁"花"怯"，实为抒情主人公内心世界之反映。"凭栏"句，直抒本怀，揭出主题。"日高"两句，以红日深院为烘托，以双飞之燕为反衬，写出闺中人的寂寞情景。下片专写闺中人的愁苦。过片三句，形神兼备，写闺中人之所以春来日渐消瘦憔悴，乃是因为忆念远行之人所致。末两句，以"无理而妙"的怨物之语作结，愈见相思之情的深婉缠绵。这是纯粹的抒情妙语，有的选家脱离全篇意境，强说此中有政治寄托，殊觉穿凿。

踏莎行

祖席离歌①，长亭别宴②，香尘已隔犹回面③。居人匹马映林嘶④，行人去棹依波转⑤。　　画阁魂消⑥，高楼目断，斜阳只送平波远。无穷无尽是离愁，天涯地角寻思遍。

【注释】

①祖席：古人出行时祭祀路神叫"祖"，因称饯别的筵席为祖席。　②长亭：古时官道上五里置一短亭，十里置一长亭，长亭为送别饯行的场所。　③香尘：言香车丽人，染得尘土皆香。五代韦庄《河传》词："香尘隐映，遥望翠槛红楼。"　④居人：留在家里的人，与下句"行人"相对。　⑤棹（zhào）：船桨，这里代指船。　⑥画阁：装饰华美的居室，指女子闺房。

【评析】

这是一首送行的杰作。它在短短的篇幅中先写饯别之宴，次写依依惜别，再写别后的无尽思念，过程完整，意境深远，画面真切而优美，确如选家所赞，足抵一篇《别赋》。它打破先景后情的常格，自始至终都融情、景、事为一体来抒写，把惜别之情推向了极致。起首两句言饯别，叙事平平，并未见任何出奇之处。但第三句则言别去，说是行人渐远，香尘已隔，而犹时时"回面"，由看似平淡的描叙中，已逗出缠缠绵绵之深情。"居人"两句，尤见匠心，一句写居者，一句写行者，两相对照，以见双方一孤身而返、一孤身而去，背道而驰，牵情更远。下片写别后的思念，然单从居者这一方面着笔。"画阁"两句，言登楼上阁，极目远望，无非为了寄寓想念之情。"斜阳"一句，以景传情，喻示愁思之浩渺，前人称赞为"淡语之有致者也"，就因为它融情于景，不露痕迹地透发出一种淡永有味的情致。末两句，发为深沉而广远的慨叹，情透纸背，感染力特强。通篇景真情切，意足境阔，所用皆"寻常语"，却能做到词旨婉曲，格调高朗，足见词人是抒情之高手。

踏莎行

碧海无波，瑶台有路①，思量便合双飞去②。当时轻别意中人，山长水远知何处。　绮席凝尘③，香闺掩雾，红笺小字凭谁附④。高楼目尽欲黄昏，梧桐叶上萧萧雨。

【注释】

①瑶台：神话传说中的神仙居处。　②思量：考虑。合：应当。　③绮席：织有花纹的卧席。南朝梁江淹《休上人怨别》诗："膏炉绝沉燎，绮席生浮埃。"④红笺小字：指情书，见前《清平乐》(红笺小字)注①。

【评析】

这首词从抒写内容来推测，应是前词(祖席离歌)的续作：前篇主要写送别，本篇则主要写别后的思念；前篇感叹"无穷无尽是离愁，天涯地角寻思遍"，本篇则承此意脉，进一步表现"当时轻别意中人，山长水远知何处"的苦情；前篇兼居者、行者而写之，本篇则专写居者对行者的思念。词的上片感叹说：神仙居住的海上和瑶台也有路能通，而我的"意中人"却不知在何处。"山长水远知何处"一句，看似大白话，却含蕴丰富，为下面的抒情预留了很大的空间。下片具体抒写对意中人的无尽思念。"绮席"两句并非实写，乃是想象对方闺中寂寞的情景。"红笺"句方转入写自己的感受，与上片"山长"句呼应。最后以景结情："梧桐叶上萧萧雨。"这是暗用温庭筠"一叶叶，一声声，空阶滴到明"的意境，以示彻夜无眠之苦，句中含有余不尽之意，令人回味无穷。

踏莎行

绿树啼莺，雕梁别燕①，春光一去如流电②。当歌对酒莫沉吟，人生有限情无限。　弱袂萦春，修蛾写怨③，秦筝宝柱频移雁④。尊中绿醑意中人⑤，花朝月夜长相见。

【注释】

①雕梁：雕刻着花纹的屋梁，指华美的屋宇。②"春光"句：化用晋陶渊明《饮酒二十首》其四："人生复能几，倏如流电惊。"　③"弱袂"两句：弱袂（mèi），指女子轻盈的衣袖。修蛾，女子修长的眉毛。蛾，指蛾眉，细长的美眉。　④"秦筝"句：指弹奏秦筝，参见前《鹧人娇》（玉树微凉）注②。　⑤绿醑（xǔ）：绿酒。醑，美酒。

【评析】

这首词有感于"人生有限情无限"，倡导及时行乐，表现作者勘破宇宙人生铁的规律之后的旷达情怀。

词的上片，写对时光和人生的感触。首三句，写春光飞逝，点出感伤的原因。后两句为全篇之眼，为主旨之所在。其意为：赶快听听歌、饮饮酒吧，不要犹疑不决了，要知道人生有限，而情却无限，以有限的光阴去追寻无限的事物，是多么无益！下片写以歌酒解忧驱愁，表达尽情享受眼前之欢的愿望。结尾两句，虽为抒情之笔，却有启人思索的丰富含义，论者认为它虽"因儿女之情而发，然而却并不为儿女之情所限"（叶嘉莹语），信然。

踏莎行

　　小径红稀，芳郊绿遍，高台树色阴阴见①。春风不解禁杨花②，蒙蒙乱扑行人面③。　　翠叶藏莺，朱帘隔燕，炉香静逐游丝转④。一场愁梦酒醒时，斜阳却照深深院。

【注释】

　　①阴阴：浓重的样子，形容绿叶稠密幽暗之状。见：同"现"。　　②不解：不懂得，不理会。③蒙蒙：雨点细密的样子，这里形容杨花漫天飘洒。④游丝：蜘蛛等昆虫所吐的丝，因飘荡在空中，故称游丝。庾信《春赋》："一丛香草足碍人，数尺游丝即横路。"

【评析】

　　这是《珠玉词》中脍炙人口的抒情佳作，同时又是在历代的诠释和评论中争议较多的宋词名篇之一。此词写得通畅明白，情景历历，意旨显豁，丝毫没有深曲隐晦之处，解读起来不应有多大歧义。可是古代许多词话家硬要去猜测其"言外之意",指实其中有政治寄托,把一首纯粹的抒情词强说成政治词;而当代的某些论者又曾以现代"革命人生观"去强求古人,批判这首词的"消极颓废"和"无聊情绪"。这两种执著于政治意识的误读都不可取。其实这首词的主题很单纯,它不过是写暮春的闲愁。这一主题是以景中见情的常见方式表达出来的。其结构也较简单:上片写白天出游郊外时所见之景,下片写归家后黄昏庭院之景,两处景致皆以伤春事之阑珊、感人生之短暂的主观情绪来贯穿一气。上片开头三句,写郊外一片"红稀"、"绿遍"的春事衰残景象,伤感之情已暗寓其中。后两句,怨春风,怨杨花,不过是承上面的意脉而来,表现自己痛惜春光飞逝时的烦乱心绪,与当时的党争的政局丝毫搭不上界,春风、杨花的意象,也难以让人联想到君主和朝中小人。下片不过是通过写黄昏庭院之景来表现酒醒之后的落寞和若有所失的心态,更无所谓政治寄托。结尾两句"一场愁梦酒醒时,斜阳却照深深院",之所以能打动人心,而受到古今评论家的称赏,主要原因在于它有这样一种能引发读者共鸣的意境:斜阳照深院,意味着一天光景就此消逝,一春好景也就此消逝；推而广之，让人感到短暂的人生也在这斜阳光影中一点点消逝了！

渔家傲

画鼓声中昏又晓①，时光只解催人老。求得浅欢风日好，齐揭调②，神仙一曲渔家傲。　　绿水悠悠天杳杳③，浮生岂得长年少。莫惜醉来开口笑，须信道④，人间万事何时了。

【注释】

①画鼓：有彩饰的鼓，一般用于歌舞表演场合。唐张祜《感王将军柘枝妓殁》诗："画鼓不闻招节拍，锦靴空想挫腰肢。"　　②揭调：发声歌唱。唐高骈《赠歌者二首》其二："公子邀欢月满楼，双成揭调唱伊州。"　　③杳（yǎo）杳：深远幽暗的样子。④须信道：须知道。

【评析】

《渔家傲》为北宋流行歌曲，调始见于晏殊《珠玉词》。晏殊用此调作词多达十四首，因第一首（即本篇）有"神仙一曲渔家傲"句，遂取为调名。此为双调小令，六十二字，上、下片各五句五仄韵。自《花间集》开始，词中就有所谓"联章体"，即用同一词调的若干首词来叙一件事、写一个人或咏一种物象。晏殊的《渔家傲》十四首，就是咏荷联章体。这十四首词中，后十三首分别从不同角度、不同场合来咏写荷花，本篇则是一个总帽，陈述咏荷之主旨。晏殊词中咏花的篇什不少，但以咏荷为最集中，篇什也最多，可见诸花之中他最爱荷。这是因为荷之"红娇绿嫩"象征青春年少，荷之凋零则显示"红颜"已老，秋天（老年）已到，所以他力倡"何似折来妆粉面，勤看玩，胜如落尽秋江岸。"（第十四首："嫩绿堪裁红欲绽"）这与他在咏写其他题材的词中表现的青春易老、行乐须及时的主题是相一致的。本篇上片的"时光只解催人老"、"求得浅欢风日好"和下片的"浮生岂得长年少"、"莫惜醉来开口笑"等关键句子，都是为着强调上述主题的，它们所表达的，不单是本篇、而且是这十四首联章词的共同主题。本篇看似泛泛咏写游乐之趣，泛泛发抒时光易逝、行乐须及时的感慨，而与荷花丝毫不相干，但实际上它是后十三首的共同主题的提炼和抽象，类似于他之后的宋词联章体的"念语"、"引子"之类的文字，在开篇叙事、咏物之前，将主旨先给点明了。宛敏灏先生《二晏及其词》引此词下片，认为此类词是表现大晏"旷达之情"、"主张及时行乐"，其说甚是。

渔家傲

荷叶荷花相间斗①，红娇绿嫩新妆就。昨日小池疏雨后，铺锦绣，行人过去频回首。　　倚遍朱阑凝望久，鸳鸯浴处波文皱。谁唤谢娘斟美酒②，萦舞袖，当筵劝我千长寿。

【注释】

①斗：争胜，比美。　②谢娘：指妓女。

【评析】

这是晏殊咏荷联章词的第二首（实际上是正式开篇咏荷的第一首）。它描绘了词人自家园池中荷花盛开的美丽景象，表现出爱花赏花的浓厚兴致和愉悦的心情。词的上片，铺叙园中小池荷花盛开的情景。一开头就用拟人的手法，将荷花写活。首句一"斗"字，赋予荷花人的感情，说它们在互相争胜比美；次句说"新妆就"，则是赋予荷花人的品格，说这不是自然界的花朵，而是美人穿上了嫩绿娇红的新妆，在这里展示呢！后面两句，补叙荷花之所以如此娇美，乃是昨夜一场好雨，催绽了花蕾，铺就了这一池锦绣。"行人"句，则从旁人的眼里来证实荷花之美艳。下片写词人自己的爱荷之心。"倚遍"句自言对荷花别有痴情；"鸳鸯"句以彩禽为映衬，愈显荷池之美，值得人流连忘返。末三句，言枯坐观赏犹未尽兴，欲呼唤舞娘，斟上美酒，以歌舞杯酒来助兴，并以荷花来祝愿自己健康长寿、永葆青春。以末句看，词人的生日可能就在荷开时节，所以他爱荷特深。

渔家傲

荷叶初开犹半卷，荷花欲拆犹微绽①。此叶此花真可羡，秋水畔，青凉缴映红妆面②。　美酒一杯留客宴，拈花摘叶情无限③。争奈世人多聚散④，频祝愿，如花似叶长相见。

【注释】

①拆：开放。绽：初开。　②青凉缴：喻指荷叶。缴，伞的异体字。　③拈（niān）：用手指取物。④争奈：怎奈。

【评析】

这是晏殊咏荷联章词的第三首。前一首（荷叶荷花相间斗）主要描写荷花盛开的场景和词人爱赏不置的心情，这一首则具体描绘花、叶的生动情态，并表达人间情侣、亲朋要似荷花荷叶长相倚、长相见的美好愿望。上片写荷叶初开、荷花初绽时的美丽之态，写它们同根生长，相扶相倚、互相映衬，显出一种整体的、和谐的美。语言平易，画面却十分鲜艳生动，历历如在眼前。下片由花及人，抒发作者的人生感想。"美酒"两句，是上、下片之间情景转换的一个关捩，由花叶相倚之景象联想及人生，意脉的过渡极为自然。末三句以饱含形象性的绵绵情语作结，亦十分含蓄有味。通篇以"荷花"、"荷叶"相倚相守的意象贯穿，首尾呼应，神完意足，抒情境界极美。

渔家傲

　　杨柳风前香百步，盘心碎点真珠露①。疑是水仙开洞府②，妆景趣，红幢绿盖朝天路③。　　小鸭飞来稠闹处④，三三两两能言语。饮散短亭人欲去，留不住，黄昏更下萧萧雨。

【注释】

　　①盘心：指荷叶。真珠：喻露水。　②水仙：水中神仙。洞府：神仙所居的水府。　③"红幢"句：言荷花荷叶簇拥在水中，就像仙人乘红帷绿盖之车准备朝见天帝。幢（chuáng），车帷幕。盖，车盖。④稠闹处：（荷花荷叶）茂密旺盛之处。

【评析】

　　这是晏殊咏荷联章词的第四首。这一首专写荷塘景致之幽美。词写得轻倩自然，基本上用白描，实际上是借荷塘清景表现自己澹荡的胸襟与纯美的心境。开头两句，由嗅觉到视觉，写池面荷花荷叶之美。不直接说荷花盛开，而说百步之外就从杨柳风中闻到花瓣散发的幽香；不直接说荷叶带露，而说一个个翡翠盘中滚动着零碎的真珠。这就使形象更加鲜明，如亲闻亲见。后三句发挥想象力，将荷塘比喻为水仙所开的洞府，而将荷叶荷花之簇拥巧喻为仙人们纷纷乘上绿盖红幢之车准备朝见天帝。想落天外，化静为动，沉寂的荷塘成了生气勃勃的仙境。下片承此动态，又添一生趣盎然之动景——小鸭戏水，愈显水面之美。后以客散雨来，美景消失于黄昏作结，愈加让人对作者所造之境依依难舍。

渔家傲

粉笔丹青描未得①，金针彩线功难敌。谁傍暗香轻采摘，风淅淅②，船头触散双鸂鶒③。　　夜雨染成天水碧，朝阳借出胭脂色④。欲落又开人共惜，秋气逼，盘中已见新莲菂⑤。

【注释】

①粉笔：绘画的笔。丹青：绘画用的丹砂和空青两种颜料，后即指绘画。《晋书·顾恺之传》："尤善丹青，图写特妙。"　②淅（xī）淅：风声。杜甫《秋风》诗其二："秋风淅淅吹我衣，东流之外西日微。"③鸂鶒（xī chì）：水鸟，形状大于鸳鸯，而色多紫，喜偶游，故又称为紫鸳鸯。　④借出：这里指阳光映照，把红光传送给荷花。　⑤盘：指莲蓬。菂（dì）：莲子。

【评析】

这是晏殊咏荷联章词的第五首。与前几首的直点荷花之名而咏之的写法不同，此首开头、中间皆未言所咏何物，而采用近乎出灯谜让人揣摩的办法，先以虚笔赞所咏之物，次写其生长环境，再写其自身形神风采，最后才揭示"谜底"——所咏者原来是荷花。试看开头两句说，最好的画师、最巧的绣女都难以描绘出此物之美，这是虚笔烘托。次三句言人们争着驾船在水面采摘此物，这是侧笔映衬。下片的过片两句，再以工笔正面描出此物形状及色彩（叶之碧绿，花之红艳）。结尾方出现莲蓬中新莲子的特写镜头，使人顿悟本篇所咏为荷花。表现手段十分新颖别致。

渔家傲

　　叶下鸂鶒眠未稳①，风翻露飐香成阵②。仙女出游知远近，羞借问，饶将绿扇遮红粉③。　　一掬蕊黄露雨润④，天人乞与金英嫩⑤。试折乱条醒酒困，应有恨，芳心拗尽丝无尽。

【注释】

　　①鸂鶒（jiāo jīng）：水鸟名。　②飐（zhǎn）：风吹物体使颤动。　③饶：又，增添。　④一掬（jū）：一捧，一丛。　⑤乞与：给予，赐与。金英：金黄色的花，这里指黄色的花蕊。

【评析】

　　这是晏殊咏荷联章词的第六首。与前一首（粉笔丹青描未得）写法相近，这一首也不点明所咏之物，而采用虚笔、侧笔烘染其环境，描写其形神风采；与前一首不同的是，这一首直到篇末也不揭示"谜底"（作者认为已经无此必要，因为所咏为何物已不言自明）。

更有一点特殊的是，本篇的荷花已被赋予了人的品格和情感。词的上片，先写环境，后用比拟，将荷花写成活动的人。叶下的水鸟睡不稳，是因为风吹花动，露水坠落。这不是花，这是仙女在水中游走。她羞于向人问讯，将绿扇半遮住红艳的脸颊。过片承"香成阵"与"遮红粉"来，写荷花美丽的花蕊。末三句另立新意，说游人折花醒酒，才发现花有恨——柔条断处，丝仍相连。这里巧用谐音和双关，将荷写成有情之物——芳心拗尽，丝（思）却无尽。借物写情，含蓄有味。

渔家傲

　　罨画溪边停彩舫①，仙娥绣被呈新样。飒飒风声来一饷②，愁四望，残红片片随波浪。　　琼脸丽人青步障③，风牵一袖低相向。应有锦鳞闲倚傍④，秋水上，时时绿柄轻摇扬⑤。

【注释】

　　①罨（yǎn）画溪：在今浙江长兴西。溪上多朱藤花，游人竞集，如在画中，故名罨画（杂色彩画）溪。这里借指所咏荷塘。　　②飒（sà）飒：风声。一饷：一阵子。　　③青步障：青布制作的遮避风尘的帷屏。④锦鳞：鱼的美称。李白《赠汉阳辅录事二首》其二：“汉口双鱼白锦鳞，令传尺素报情人。”李贺《竹》诗：“织可承香汗，裁堪钓锦鳞。”　　⑤绿柄：指荷叶柄。摇扬：指叶柄在风中摆动。

【评析】

　　这是晏殊咏荷联章体的第七首。这一首假托为江南荷乡——罨画溪之游，写秋天水面荷花凋谢、绿肥红瘦的衰残之状，寄寓作者悼惜美好事物难久的怅惘之情。上片写秋日乘舟出游，见好端端的荷花被西风吹落的惨景。首两句写游船初到时，溪上尚是一片美景。荷花遍布，水面就像仙娥绣被一样艳丽。后三句写秋风陡起，霎时间落红片片，随波而去，水面一片狼藉。下片写风定花残后溪上的景象，寄寓着词人的愁思。过片两句，将幸未吹残的荷花比拟成掩袖低头愁望落花流水的美人（将满溪绿叶比为她居住的青步障），这实是词人惜花心情的外化。末三句，以景结情，含无尽之思。

渔家傲

宿蕊斗攒金粉闹①，青房暗结蜂儿小②。敛面似啼开似笑，天与貌，人间不是铅华少。　　叶软香清无限好，风头日脚干催老。待得玉京仙子到③，凭向道④，红颜只合长年少⑤。

【注释】

①宿蕊：隔夜开放的花。斗攒（cuán）：纷纷聚集。闹：繁盛。　②青房：莲房。　③玉京仙子：天宫的仙子。　④凭向道：靠荷花向玉京仙子说。　⑤合：应该，应当。

【评析】

这是晏殊咏荷联章词的第八首。本篇承前篇（喜画溪边停彩舫）秋风起、荷花老（凋谢）的描述，接下来写莲花（即荷花）老、莲房熟的情景，对青春红颜不能久驻人间表示了极大的惋惜。上片先写莲花凋谢、莲房结成的情况，将花儿比拟为貌老妆残的过时美人，极为形象生动。这里大略是说：曾几何时，这些隔夜开放的花儿傅粉涂脂，多么繁盛，转眼间却暗结青房，招来了蜜蜂。她们花容憔悴，似在哭泣；可昨日开放之时却像人在欢笑！不是人间缺少化妆品来打扮她们，实在是老天要让她们早早衰老啊！下片申说惜花之情。过片两句谓：本来叶软香清，无限美好；谁知风头日脚相催，很快衰老。末三句托出本篇抒情主旨：红颜（即青春、即美好时光）不应该如此短暂，而应该永远保持在年少状态！

渔家傲

脸傅朝霞衣剪翠①，重重占断秋江水②。一曲采莲风细细③，人未醉，鸳鸯不合惊飞起。　　欲摘嫩条嫌绿刺，闲敲画扇偷金蕊。半夜月明珠露坠，多少意，红腮点点相思泪。

【注释】

①傅：涂抹。　②占断：占尽，全部占据。唐罗虬《比红儿》诗："姓氏看侵尺五天，芳菲占断百花鲜。"秦韬玉《牡丹》诗："图把一春皆占断，故留三月始教开。"　③一曲采莲：指采莲曲。古乐府清商曲辞中有《采莲曲》，见《乐府诗集》卷五十。

【评析】

这是晏殊咏荷联章词的第九首。这一首是从采莲女的角度来写荷花（即莲花）。首两句，将莲花比拟为脸映朝霞、身穿翠衣的一群美女，说她们重重叠叠排列江面，占尽秋光。下三句写采莲女唱着歌儿，出现在江面上，惊起了莲花丛中的一对对鸳鸯。下片写莲

花被采摘后的忧伤、愁苦之状。过片两句写莲花被采
莲女损伤：采莲女想摘嫩条，却怕绿刺扎手，于是尽
"偷"莲花的金蕊，伤透了莲花之"心"。末三句写人
去江空，月明之夜，被损伤的莲花空自垂泪伤心。许
多花朵在白天被人摘走了，这意味着残留的花朵成了
失去伴侣的孤栖者（白天鸳鸯被惊散就象征着花朵也
要被拆散），所以她们这时脸上挂的，是相思之泪。这
首词所含蓄地流露的，还是作者本人的惜花爱美之情。

渔家傲

越女采莲江北岸①，轻桡短棹随风便②。人貌与花相斗艳。流水慢，时时照影看妆面。　莲叶层层张绿繖③，莲房个个垂金盏。一把藕丝牵不断④。红日晚，回头欲去心撩乱。⑤

【注释】

①越女：原指越（今浙江一带）地美女，后泛指美女。　②桡（ráo）、棹（zhào）：都是类似于桨的划船工具。　③繖："伞"的异体字。　④藕丝：谐音双关词，暗示"偶思"，即思念佳偶（情侣）之意。⑤撩乱：纷乱。同"缭乱"。唐王昌龄《从军行》诗之三："撩乱边愁弹不尽，高高秋月照长城。"韦应物《答重阳》诗："坐使惊霜鬓，撩乱已如蓬。"

【评析】

这是晏殊咏荷联章词的第十首。与前面各篇均以花为主要咏写对象不同，本篇是以采花人（采莲之"越

女")为描绘中心，花被置于陪衬地位。词的上片，以
江面莲花之艳丽映衬船上越女之娇美，人貌与花容"相
斗艳"，画面极为赏心悦目。下片，又竭力描绘莲花
之美，目的是引出采莲女的相思情怀。过片两句，对
偶工巧流丽，进一步表现出莲花之美艳和值得人留恋。
"一把"句，赋而兼比。以采摘时藕断而丝连之状暗喻
采莲女情思之牵萦。结尾两句，亦景亦情，生动地显
示了采莲女归去时缠绵悱恻的情态。

渔家傲

粉面啼红腰束素①，当年拾翠曾相遇②。密意深情谁与诉。空怨慕，西池夜夜风兼露。　　池上夕阳笼碧树，池中短棹惊微雨。水泛落英何处去③。人不语，东流到了无停住。

【注释】

①束素：形容女子细腰犹如束帛（小捆的一束白色丝织品）。　②拾翠：古时女子春日嬉游，在郊外采拾花草的一种活动。杜甫《秋兴八首》之八："佳人拾翠春相问，仙侣同舟晚更移。"　③泛：漂浮。落英：落花。

【评析】

这是晏殊咏荷联章词的第十一首。这是一首借咏凋谢的荷花来怀念情人的小词。开头两句，亦花亦人，写出当年之事：水面的荷花有如那位粉面啼红的细腰美人，遥想当年我芳洲拾翠之时曾与她相遇。以下三

句抒发怀想之情：可是如今，我的蜜意深情又能向谁
倾诉？我独自徘徊在这长满娇荷的西池上，夜夜受着
冷风凉露的侵袭。过片两句，以景寓情，写独游西池
的凄迷怅惘之情：这是黄昏时刻，池边的绿树，笼罩
在夕阳烟霭之中，牵动着人的愁思；抒情主人公泛舟
池中，一霎微雨惊动了他的沉思遐想。末三句，望着
雨后落花向东漂流而去，更使他联想起那一段逝去的
恋情。"东流到了无停住"的感慨，已非泛泛喟叹之辞，
而是意味深长的哲理性语言了。

渔家傲

幽鹭慢来窥品格^①，双鱼岂解传消息^②。绿柄嫩香频采摘，心似织，条条不断谁牵役^③。　粉泪暗和清露滴，罗衣染尽秋江色。对面不言情脉脉。烟水隔，无人说似长相忆。

【注释】

①慢：枉，徒然。品格：品质，风度。唐李中《庭苇》诗："品格清于竹，诗家景最幽。"　②"双鱼"句：古代有鲤鱼传书的典故，汉蔡邕《饮马长城窟行》："客从远方来，遗我双鲤鱼。呼儿烹鲤鱼，中有尺素书。"这里反用其典，说水中的鱼难以传信。解，懂得。　③牵役：指相思之情被牵引而出，郁盘难解。

【评析】

这是晏殊咏荷联章词的第十二首。此词用拟人法，将荷花写成一个心怀怨情无法倾诉的美人。首两句为虚写，为的是突出"美人"的品格和满怀怨思：白鹭枉来窥探她的品格，因为她的经历和心灵是别人无法理解的；水中尽管有鱼儿游动，但也不懂得为她传递心灵的信息。接下来三句，用谐音和双关之法，写她的相思盘曲难解：采莲人折断了一条条的叶柄，但柄断而丝不断，象征着她的情思绵长纠结，难分难解。过片两句，将荷与人的形象混成一体来描写，正面表现她的愁苦之状。末三句，将相互思念的双方都引入画面，写出恋情之深、相思之长和无法沟通的痛苦。通篇形象鲜明，韵味深长，是咏物词中有情思、有境界、有寄托的佳作。

渔家傲

楚国细腰元自瘦①，文君腻脸谁描就②。日夜声声催箭漏③，昏复昼，红颜岂得长如旧。　　醉折嫩房和蕊嗅④，天丝不断清香透。却傍小阑凝坐久⑤。风满袖，西池月上人归后⑥。

【注释】

①"楚国"句：传说春秋时楚灵王喜爱细腰美人（见《墨子·兼爱》及《管子·七臣七主》《韩非子·二柄》等），这里借以指美人，实则喻花的婀娜可爱。②文君：汉代美女卓文君，这里借喻荷花。腻脸：光洁柔嫩的脸庞，喻荷花。　③箭漏：古代计时器。④嫩房：柔嫩的莲房。　⑤凝坐：坐着出神。⑥"风满袖"两句：化用南唐冯延巳《鹊踏枝》（谁道闲情抛掷久）："独立小楼风满袖，平林新月人归后。"

【评析】

这是晏残咏荷联章词的第十三首。这一首主要抒写作者惋惜美好事物不能长久的心情。上片夸赞荷花之美，感叹荷花青春之短暂。首两句将荷花比为楚国细腰美人及西汉美女卓文君。后三句文意陡转，说时光飞逝，荷花会像美人红颜难久一样，很快就会凋谢。下片写作者赏花、惜花的缠绵情思。过片两句，写饮酒赏花。末三句，写独坐荷池畔，流连至黄昏月上时分，犹不忍离开，见出作者爱美、恋美之深情。

渔家傲

嫩绿堪裁红欲绽，蜻蜓点水鱼游畔①。一霎雨声香四散。风飐乱②，高低掩映千千万③。　　总是凋零终有恨，能无眼下生留恋。何似折来妆粉面。勤看玩，胜如落尽秋江岸。

【注释】

①蜻蜓点水：语出杜甫《曲江二首》其二："点水蜻蜓款款飞。"　　②风飐乱：语出唐柳宗元《登柳州城楼寄漳、汀、封、连四州刺史》诗："惊风乱飐芙蓉水。"飐，风吹物体使颤动。　　③掩映：遮掩衬托。南朝齐谢庄《和元日雪花应诏诗》："掩映顺云悬，摇裔从风扫。"隋薛道衡《宴喜赋》："徘徊宛转，掩映玲珑。"唐李商隐《柳》诗："章台从掩映，郢路更参差。"

【评析】

这是晏殊咏荷联章词的第十四首，亦即最后一首。这是整个联章体的一个总结，它集中表达了作者对荷花无限爱惜、对青春红颜无限留恋的绵长情意。一篇之中心，全在过片的"总是凋零终有恨，能无眼下生留恋"两句。上片铺叙水面荷花"高低掩映千千万"的美景，表明何以此花能令人"眼下生留恋"。下片抒写"总是凋零终有恨"的情思，提出聊解凋零之恨的办法是：趁其尚在盛开之际"折来妆粉面"（为美人作头饰，花、面交映，双美并呈），以供词人"勤看玩，胜如落尽秋江岸"。这是在末章点题，挑明十四首词的总的抒情思想。

雨中花

剪翠妆红欲就①，折得清香满袖。一对鸳鸯眠未足，叶下长相守。　莫傍细条寻嫩藕，怕绿刺、罥衣伤手②。可惜许、月明风露好③，恰在人归后。

【注释】

①剪翠妆红：女子画翠眉，涂胭脂。　②罥（juàn）：挂，牵绕。　③可惜许：可惜。许，语助词，无义。五代王衍《甘州曲》词："可惜许，沦落在风尘。"宋柳永《满江红》词："可惜许枕前多少泪，到如今两总无终始。"

【评析】

《雨中花》一调，始见晏殊《珠玉词》。《词谱》卷九列晏殊此首为正体。这是双调小令，五十一字，上、下片各四句三仄韵。本篇咏女子采莲。中国古典诗歌中，自六朝以来采莲之作很多，其内容无非是写景物之美、女子之艳及男女情思。本篇内容，与传统题材无大异，但在意境创造和人物心理描写上却努力创新，写来不同凡俗。首两句叙写采莲本事，即能出新："剪翠妆红"，乃合花、人为一而写之，意思双关，语约意丰；不说采得荷莲，却说"折得清香满袖"，十分清新蕴藉。下两句接以鸳鸯长相守，明为写景，实是寄情。过片两句，既像是词人对采莲女的叮嘱，又似是采莲女互相间的提醒，意甚婉约。结拍两句，写晚上正当月明风露好之时，美人们却归去了，流露出作者的感慨之情。此二句由于"写得客散后风景佳"的意境，自宋代以来便很受称赞。

瑞鹧鸪

咏红梅

越娥红泪泣朝云①，越梅从此学妖嚬②。腊月初头、庾岭繁开后③，特染妍华赠世人④。　前溪昨夜深深雪⑤，朱颜不掩天真⑥。何时驿使西归，寄与相思客，一枝新。报道江南别样春⑦。

【注释】

①"越娥"句：越娥指春秋时越国美女西施；这里暗用唐皮日休《馆娃宫怀古五绝》之三："半夜娃宫作战场，血腥犹杂宴时香。西施不及烧残腊，犹为君王泣数行。"红泪，美女的眼泪，见前《谒金门》（秋露坠）注①。　②妖嚬：美女（西施）皱眉。妖，妖女，美女，指西施。嚬，同"颦"，皱眉。这里也暗用西施捧心颦眉的典故。相传西施因患心病而捧心皱眉，其姿态很美，见《庄子·天运》。　③庾岭：即大庾岭，又名梅岭，位于今江西大庾。此地多植梅树，《白孔六帖》谓："庾岭上梅花，南枝已落，北枝方开，寒

暖之候异也。" ④妍华：美丽的花。指梅花。
⑤"前溪"句：化用唐齐己《早梅》诗："前村深雪里，
昨夜一枝开。" ⑥天真：天生的自然的姿容。
⑦"何时"四句：化用南朝陆凯《赠范晔》诗："折梅
逢驿使，寄与陇头人。江南无所有，聊赠一枝春。"

【评析】

　　《瑞鹧鸪》为宋代产生的词调，体有多种。晏殊集
中所用之体为双调，六十四字杂言体，上片四句三平韵，
下片六句三平韵。本篇为咏梅词。同北宋前期同类的咏
物词一样，本篇仅仅就物咏物，未能深入对象物去感受、
体验它的生命，传达它的精神意蕴，并借此将创作主体
的情感和人格精神融注其中。上片将梅花比为美女，已
是陈词滥调；"庾岭"更属人人皆用的语典，毫无新意。
下片似是要借"寄梅"表现一点人的感情，但也没有下
工夫去营造新的意境，仅仅化用唐人诗句和南朝陆凯那
首人人皆知的《赠范晔》诗，敷衍成章。说是"一枝新"，
未见新在何处；说是"别样春"，亦未见有何引人注目
的"别样"。所以，这不是一首成功的咏物词。不成功
的原因在于词人仅就题敷衍，缺乏创新意识。

瑞鹧鸪

　　江南残腊欲归时①，有梅红亚雪中枝②。一夜前村、间破瑶英拆③，端的千花冷未知④。　　丹青改样匀朱粉⑤，雕梁欲画犹疑。何妨与向冬深⑥，密种秦人路，夹仙溪，不待夭桃客自迷⑦。

【注释】

　　①残腊：腊月的尽头，指残冬。　②红亚雪中枝：化用杜甫《上巳日徐司录林园宴集》诗："花蕊亚枝红。"亚，通"压"，低垂的样子。　③"一夜"句：化用唐齐己《早梅》诗，见前《瑞鹧鸪·咏红梅》注⑤。瑶英，美玉，此处指雪。拆，开放。　④端的：的确，真的。　⑤丹青：指绘画，见前《渔家傲》（粉笔丹青描未得）注①。　⑥"何妨"句：化用杜甫《寄杨五桂州谭》诗："梅花万里外，雪片一冬深。"与，拟辞，含"使"、"请"义。　⑦"密种"三句：暗用晋陶渊明《桃花源记》的典故。该文描写武陵渔人捕鱼误入桃花源，其地有溪水一道，夹岸密种桃花，村

民告诉渔人：他们的先祖是秦朝时人，因避乱来此绝境，就再也没有出去过。

【评析】

  这是晏殊咏梅《瑞鹧鸪》词的第二首。比起前一首（越娥红泪泣朝云），本篇能超越就题敷衍、凑用典故、图貌而不能传神的陈套，写出了一些新意。词的上片，突出了梅花犯寒而开、在"千花冷未知"的冬境里先得春气的特点，雪中红花的描绘，色彩对比鲜明，有绘画之美。下片别开生面，作奇异的设想，来赞美梅花。过片先作一顿宕，说是想把梅花画在屋子里，却又迟疑起来（因为这未必是展示梅花之美的最好方式）。末四句，突发奇想，认为梅花比桃花美，更能吸引人，应该趁此冬深之时，赶快把它移到陶渊明所描写的桃花源里去密密种植，让它在那仙溪两岸开放，这样，不待春天桃花开，客人就会因贪赏红梅而迷路！这段浪漫的想象，比之描头画角的外形刻画和一般化的赞扬之辞，更能传达梅花的高情远韵，更能诱导人去体会梅花不同凡俗的美——它本非人间俗物，而是应该栽种在世外桃源里的奇树仙葩。

望仙门

　　紫薇枝上露华浓，起秋风，管弦声细出帘栊。象筵中①。　　仙酒斟云液②，仙歌转绕梁虹③。此时佳会庆相逢。庆相逢，欢醉且从容。

【注释】

　　①象筵：豪华的筵席。南朝宋颜延之《皇太子释奠会作》诗之七："堂设象筵，庭宿金悬。"　　②云液：美酒名。唐白居易《对酒闲吟赠同老者》诗："云液洒六腑，阳和生四肢。"　　③仙歌绕梁：据《列子·汤问》记载，歌唱家韩娥在雍门卖唱求食，"即去，而余音绕梁欐，三日不绝"。后世以"绕梁"比喻音乐美妙悠扬，能令人久久不忘。

【评析】

　　《望仙门》一调，始见于晏殊《珠玉词》，大约是他的创调。其词中有此调三首，皆为祝颂之词，因第三首（玉池波浪碧如鳞）的结句为"齐唱望仙门"，遂取以为调名。这是双调、四十六字的小令，上片四句四平韵，下片五句三平韵一叠韵，下片第四句例用第三句之末三字作叠句。本篇是在上层官僚的一次庆贺"佳会"上即席而作的劝酒词。全词充满富贵气和高级官僚的身份感：紫薇花象征总管国家政事的紫薇省（中书省），"象筵"为上层社会的豪华筵席；仙酒云液、管弦歌舞则代表他们的高级文化享受。如果说这首应酬词在艺术上有什么特色的话，就在于它对上层富贵生活的自我呈现上。

望仙门

玉壶清漏起微凉，好秋光。金杯重叠满琼浆①。会仙乡。　新曲调丝管，新声更贴霓裳②。博山炉暖泛浓香③。泛浓香，为寿百千长。

【注释】

①琼浆：仙酒；喻美酒。《楚辞·招魂》："华酌既陈，有琼浆些。"杜甫《寄韩谏议注》诗："星官之君醉琼浆，羽人稀少不在旁。"　②霓裳：唐代法曲《霓裳羽衣曲》的简称。此曲为玄宗开元中河西节度使所献，原名《婆罗门》；又传说唐玄宗梦游月宫，闻仙乐，默记其音，归而作此曲。这里用以泛指筵席上演奏的动听乐曲。　③博山炉：香炉名，以其表面雕刻作重叠山形而得名。南朝宋鲍照《拟行路难》诗之二："洛阳名工铸为金博山，千斫复万镂。"李白《阳叛儿》诗："博山炉中沉香火，双烟一气凌紫霞。"

【评析】

本篇与前篇（紫薇枝上露华浓）的反映内容差不多，都是写上层官僚宴会之盛况的。不同之处是，前篇写的是一次节日"佳会"，本篇则是写祝寿宴会。玉壶清漏、秋气微凉，金杯琼浆、丝管霓裳，博山炉香、祝寿声长……所述情事、所绘景象，都是晏殊流连光景、享受生活和交际应酬的词中习见的，未能给人以新鲜感和审美愉悦感。这样的平庸之作在他的集子里恐怕有将近一半的数量，请读者注意鉴别。

望仙门

　　玉池波浪碧如鳞①，露莲新。清歌一曲翠眉嚬②，舞华茵③。　　满酌兰英酒④，须知献寿千春。太平无事荷君恩⑤。荷君恩，齐唱望仙门。

【注释】

　　①玉池：池塘的美称。南朝梁江淹《云山赞》："萧瑟玉池上，容裔帝台前。"唐李商隐《碧城三首》之二："对影闻声已可怜，玉池荷叶正田田。"②嚬：同"颦"，皱眉。　　③华茵：华丽的地毯。④兰英酒：像兰花一样香美的酒。汉枚乘《七发》："兰英之酒，酌以涤口。"　　⑤荷：承，承受。

【评析】

　　这也是一首祝颂词。与前两首（紫薇枝上露华浓、玉壶清漏起微凉）稍稍不同、从而显出本篇的一点特色的是：这里不再泛泛描写豪华筵席的富贵气象和一般物事，而是从歌儿舞女这一特殊角度来表现祝寿的主

题，并从祝寿生发开去，表达这位"太平宰相"对于
"太平盛世"的缔造者——当朝皇帝宋仁宗的感恩之情。
词的上片，以清新的笔触，写出波澄荷美的寿筵环境，
并简笔勾画出筵间歌儿舞女的形象。下片由歌酒祝寿
到颂扬太平盛世、感荷君主之恩，感情的抒发也自然
而流畅。

长生乐

　　玉露金风月正圆，台榭早凉天①。画堂嘉会，组绣列芳筵②。洞府星辰龟鹤③，来添福寿。欢声喜色，同入金炉泛浓烟。　　清歌妙舞，急管繁弦④，榴花满酌觥船⑤。人尽寿、富贵又长年。莫教红日西晚，留着醉神仙。

【注释】

　　①台榭：积土高起者为台，台上建屋为榭，台榭连称，泛指供游览观赏的亭阁等。　　②组绣：华丽的纺织刺绣物。《新五代史·周德威传》："晋兵少，而（王）景仁所将神威、龙骧、拱宸等军，皆梁精兵，人马铠甲饰以组绣金银，其光耀日，晋军望之色动。"唐罗邺《曲江春望》诗："瑞影玉楼开组绣，欢声丹禁奏云韶。"　　③洞府：神仙所居之地。龟鹤：象征长寿的吉祥物。　　④急管繁弦：形容乐曲的节拍急促、音色丰富。唐白居易《忆旧游》诗："修蛾慢脸灯下醉，急管繁弦头上催。"　　⑤榴花：指榴花酒。觥船：指大酒盏。

【评析】

《长生乐》一调，始见于晏殊《珠玉词》，集中两首的抒写内容都与调名之意相合，可能这就是他的创调。此为双调，七十五字，上片八句四平韵，下片六句四平韵（下面一首为别体，句、韵稍有不同，上片八句五平韵，下片与本篇同）。本篇是一首用于作者自己的相府家宴的祝颂词，大约是写来供相府家妓即席演唱以佐酒助欢的。上片写时节风物和画堂芳筵。一上来两句，点明时间是玉露金风的月圆之夜，台榭清爽的早凉之天。后六句，铺叙寿筵之豪华和喜庆色彩之浓厚。下片道祝贺之意。过片三句，先写筵上歌舞丝竹之乐，觥筹交错之欢。结尾三句致祝辞，祝人又兼祝己，愿长保富贵，多福高寿，并想挽留住飞逝的时光，以尽眼下之欢。全篇充溢着浓烈的追求富贵长生的庸俗情趣，但作为祝颂之词，亦自得体。

长生乐

　　阆苑神仙平地见[①]，碧海架蓬瀛[②]。洞门相向[③]，倚金铺微明[④]。处处天花撩乱[⑤]，飘散歌声。装真筵寿[⑥]，赐与流霞满瑶觥[⑦]。红鸾翠节[⑧]，紫凤银笙[⑨]，玉女双来近彩云[⑩]。随步朝夕拜三清[⑪]。为传王母金箓[⑫]，祝千岁长生。

【注释】

　　①阆苑：阆风山（传为仙人所居之山，在昆仑之巅）的宫苑，仙人所居之境。唐李商隐《碧城》诗之一："阆苑有书多附鹤，女墙无处不栖鸾。"　②蓬瀛：即蓬莱、瀛洲，相传为海上仙山。旧题晋王嘉《拾遗记》卷四："臣游昆台之山，见有垂白之叟，宛若少童，貌如冰雪，形如处子，血清骨劲，肤实肠清，乃历蓬瀛而超碧海，经涉升降，游往无穷。"　③洞门：洞府（仙人居所）之门。　④金铺：门上兽面形的铜制环钮，用以衔环。　⑤天花撩乱：佛教传说，佛祖说法，感动天神，诸天雨各色香花，在虚空

中缤纷乱坠。《心地观经》卷一《序品偈》："六欲诸天来供养，天华乱坠遍虚空。"华，同"花"。　⑥装真：挂上寿主的画像。真，写真，指人物肖像。⑦瑶觥：玉制酒杯。　⑧红鸾：神话传说中一种红色的仙鸟。五代前蜀杜光庭《题都庆观》诗："三仙一一驾红鸾，仙去云闲绕古坛。"翠节：用翠鸟的羽毛为装饰的符节。　⑨紫凤：仙人乘坐的紫色凤凰。唐王昌龄《萧驸马宅花烛》诗："青鸾飞入合欢宫，紫凤衔花出禁中。"银笙：银饰的笙。唐李群玉《腊夜雪霁奉寄江陵副使杜中丞》诗："桂酒寒无醉，银笙冻不流。"⑩玉女：仙女。　⑪三清：道教所奉三神，即上清太上老君、玉清元始天尊、上清天上道君，并设三像，称为三清（见《云笈七签》卷三《道教三洞宗元》）。⑫王母：西王母的略称，神话中的女神。金箓：道家称天帝的诏书为金箓。

【评析】

　　这也是一首寿词。从词中所写场面之豪华、用语之考究及"王母金箓"之类的喻义来看，寿主当是词人自己的老伴——宰相夫人。本篇的写法，与前面的

《鹊踏枝》（紫府群仙名籍秘）、《殢人娇》（一叶秋高）大略相近，都是运用道家的传说、典故和道教文字典籍的语言来描写寿筵及寿主，将寿主描写为名在秘籍的天上神仙，以寓"千岁长生"之意。本篇的"神仙化"的铺叙和渲染，比上述二词更为着力、更为工细。一开头，就点明寿主是阆苑神仙降临平地；继而竟将人间相府幻化为神仙洞府，将筵间歌舞喻为天女散花、天女歌唱；将筵上所斟之酒说成是神仙所饮的流霞。过片，继而将寿主的仪仗比为仙人的仪仗，将侍女比为天上玉女；最后，连祝寿之辞也被说成是西王母所颁的"金箓"。通体皆用道家语，以营造出一种超越凡俗的境界，这是本篇的一大特色。

蝶恋花

　　槛菊愁烟兰泣露①，罗幕轻寒，燕子双飞去。明月不谙离恨苦②，斜光到晓穿朱户③。　　昨夜西风凋碧树，独上高楼，望尽天涯路。欲寄彩笺兼尺素④，山长水阔知何处。

【注释】

　　①槛：栏杆。菊愁烟：菊花笼罩着轻烟，像是含愁。兰泣露：兰花沾上露水，像在哭泣。　　②谙（ān）：熟知，这里意为知道、理解。　　③朱户：朱红色的门户。指富贵人家。　　④彩笺：供书写题咏的彩绘的纸张，指书信。尺素：供写信用的绢帛。彩笺、尺素，均指书信。

【评析】

　　《鹊踏枝》本名《蝶恋花》，亦名《凤栖梧》，为唐教坊曲，调始见于南唐冯延巳词。为双调六十字小令，上下片各四仄韵。晏殊词中有此调共八首。这一首写的不过是相思离别之情，但由于写得情深而意苦，格高而境远，故能强烈地感染当时和后世的广大读者，成为大晏词的名篇。词的上片写景，而景中已饱含感情。作者所着意描写的，乃是他在清晨时对于室内、室外景物的凄怆感受，由此暗示其彻夜相思之苦。这里成功地使用了移情于物的写法，选取眼前景物（槛菊、烟、露），注入主人公的感情（愁、泣），点出了伤离怨别之意。"明月"两句，明明是人因相思而彻夜无眠，偏偏埋怨月亮"不谙"离恨之苦，将其光辉通宵照着窗户。这一"无理而有情"的描写，更深化了离恨的抒发。下片承"离恨苦"而来，通过高楼独望天涯路这一典型情节的叙写，将怨别伤离的情感推向了极致。通篇并不正面宣泄内心的情感，只是通过形象和人物心理、行为的描写来寄寓自己绵绵无尽的愁丝恨缕，给读者留下了较大的想象和联想的空间。这是本篇长期脍炙人口的一个主要原因。此词构境高远，造句精美且含蕴丰富，几乎句句是名句，可以单独引用。尤其是"昨夜西风凋碧树，独上高楼，望尽天涯路"三句，王国维《人间词话》三次称引：第一次说它有"风人之致"，意颇"悲壮"；第二次说它近似于"诗人之忧生"；第三次则将它与柳永、辛弃疾的两段话并提，喻之为"古今成大事业、大学问者"之"第一境"。虽大晏之本意未必然，但这三句词思想含蕴丰富，能引起读者有关世路人生的许多联想却是事实。

蝶恋花

　　紫府群仙名籍秘[①]，五色斑龙[②]，暂降人间世。海变桑田都不记[③]，蟠桃一熟三千岁[④]。　　露滴彩旌云绕袂[⑤]，谁信壶中，别有笙歌地[⑥]。门外落花随水逝[⑦]，相看莫惜尊前醉。

【注释】

　　①紫府：道家称仙人居所。《抱朴子·祛惑》："及到天上，先过紫府，金床玉几，晃晃昱昱，真贵处也。"北周庾信《道士步虚词》："五香芬紫府，千灯照赤城。"　　②五色斑龙：神话传说中仙人所乘的龙。《汉武帝内传》："惟见王母乘紫云之辇，驾五色斑龙。"唐曹唐《汉武帝将候西王母下降》诗："昆仑凝想最高峰，王母来乘五色龙。"　　③海变桑田：葛洪《神仙传》卷七《王远》："麻姑自说云：'接侍以来，已见东海三为桑田。'"后以海变桑田喻世间巨变。④"蟠桃"句：蟠桃，神话传说中的仙桃。《汉武帝内传》谓西王母给汉武帝所食的仙桃"三千年一生实"。

参见前《破阵子》(海上蟠桃易熟)注①。 ⑤彩旌
(jīng):彩旗。袂(mèi):衣袖口。 ⑥"谁信"二
句:《后汉书·费长房传》载:汝南市中一个卖药翁
"悬一壶于肆头,及市罢,辄入壶中"。费长房见而异
之,与翁俱入壶中,"惟见玉堂华丽,旨酒甘肴,盈衍
其中,共饮毕而出"。 ⑦"门外"句:化用唐张旭
《桃花溪》诗:"桃花尽日随流水。"

【评析】

这是一首祝寿词。寿主大约是一位善于修身养性、
又极会享受生活的高寿老者。作者在处理这一应酬题
材时,摆脱了一般的陈词滥调和恭维谀颂的套话,别
出心裁地通篇采用道教的传说和典故、词汇,将寿主
塑造成一个暂降人间的天上神仙,从而形象化地表达
了愿对方长生不老的美意。词的上片,即直写寿主本
是天上谪仙人。他本是紫府群仙之一,名列于秘籍之
中;后来乘五色斑龙,暂降人间来游历。若问他有多
大岁数了,他自己也记不清,自他出生以来,沧海变
桑田不知多少次了,蟠桃三千年一熟也循环了不知多
少回!通过这样的夸张描写,祝对方长寿的意图已表

达得淋漓尽致。下片，仍用道教传说和富有道家色彩的语言，来写今日的祝寿宴会。过片三句，先描写寿主的神仙打扮和神仙风度，接着以费长房壶中天的典故来比喻今日的寿筵，将描写的重心从寿主自然而然地转到笙歌玉堂、旨酒甘肴的现实场面上。末两句是劝酒辞，化用唐人诗句，仍将寿主居所比喻为仙境（世外桃源），劝寿主在这怡人的仙境中极欢尽醉。由于采用了上述写法，此词遂给人耳目一新之感，避去了凡庸和客套，在宋词众多的祝寿之作中别具一格。

蝶恋花

　　一霎秋风惊画扇①，艳粉娇红，尚拆荷花面。草际露垂虫响遍，珠帘不下留归燕。　　扫掠亭台开小院②，四坐清欢，莫放金杯浅。龟鹤命长松寿远③，阳春一曲情千万④。

【注释】

　　①一霎（shà）：一会儿，一阵子。　　②扫掠：打扫。　　③“龟鹤”句：化用唐白居易《效陶潜体》诗："松柏与龟鹤，其寿皆千年。"　　④阳春：古代乐曲名。其曲高雅，和者甚少。战国楚宋玉《对楚王问》："客有歌于郢中者……其为《阳春》《白雪》，国中属而和者不过数十人。"

【评析】

　　这是一首感秋行乐词。暑去秋来的节序迁移，让词人感到时乎不再，人生短暂，于是他趁风光尚好，设席于小院，邀友朋共享清欢，歌酒寄情。上片写初秋时节自然风物的变化，这一变化反映着节序的迁移和时光的流逝。秋风带着凉意吹来，"惊"了夏天常用的扇子，实际上是"惊"了词人的心——时光流逝，暑去秋来了。秋来了，意味着草木花卉将要凋零，不过，情况还好：池中莲荷，还在绽开新蕾，虽然草间已秋虫唧唧，但燕子尚未南飞，晚上照旧穿帘归巢。这一切，提醒了词人：趁着这初秋的好时光，赶快寻求"清欢"吧。于是词的下片，即景传情，写出了秋日饮宴之乐。当然，所抒之情——"莫放金杯浅"，亦属晏词中习见的。

蝶恋花

　　紫菊初生朱槿坠①，月好风清，渐有中秋意。更漏乍长天似水，银屏展尽遥山翠。

　　绣幕卷波香引穗②。急管繁弦③，共庆人间瑞。满酌玉杯萦舞袂，南春祝寿千千岁④。

【注释】

　　①朱槿：花名，见前《清平乐》(金风细细)注④。②穗：灯花或烛花。唐韩偓《懒卸头》诗："时复见残灯，如烟坠金穗。"　③急管繁弦：见前《长生乐》(玉露金风月正圆)注④。　④南春：即南山之寿。《诗经·小雅·天保》："如南山之寿，不骞不崩；如松柏之茂，无不尔或承。"

【评析】

　　这也是一首秋日祝寿词。晏殊的祝寿词，喜欢以秋天的景象为背景，造成一种清疏高朗的境界，以此来寄寓他祝愿寿主高寿遐龄的情感。对此，论者多有肯定性的评价。如叶嘉莹先生即引用此词，以为它"以

大自然界之景物为陪衬"，写得"不但闲雅富丽，而且
更有着一份清新之致"。(见叶嘉莹《大晏词的欣赏》，
此文载于《迦陵论词丛稿》，上海古籍出版社 1980 年
出版)本篇上片写中秋时节自然风景，即有一种清新
自然之美，这实际上是大晏自己闲雅冲淡之心境的外
化。下片道祝颂之意，虽无什么深刻的含义，但所抒
之情与上片的景物描写十分谐调，的确使人感到了"一
份清新之致"，比起他的某些充满庸俗富贵气的祝颂
词，自是不可同日而语。

蝶恋花

帘幕风轻双语燕，午醉醒来，柳絮飞撩乱。心事一春犹未见，余花落尽青苔院。百尺朱楼闲倚遍[①]，薄雨浓云，抵死遮人面[②]。消息未知归早晚，斜阳只送平波远[③]。

【注释】

①朱楼：贵家楼阁。　②抵死：总是，老是。③平波：平缓而广漠的水流。唐温庭筠《水仙谣》："夜深天碧乱山姿，光碎平波满船月。"李商隐《病中早访招国李十将军遇挈家游曲江》诗："十顷平波溢岸清，病来惟梦此中行。"

【评析】

此词写暮春怀人之愁思。上片写暮春景致，景中已寓深情，意境极幽婉。起句笔致轻柔，风卷帘幕，喻示人心已被景色触动，而愁思顿起，不可抑止。二三两句，熔景入情，主体已是人，风吹柳絮，是人眼所见，这一景象，既撩乱了人之心，同时也可看做是纷乱之人心的象喻，情、景实已合而为一。歇拍两句，先写情，后写景，情熔于景，弥见情之绵长深挚。"心事一春犹未见"的自白，乃是一篇之中心。下片以抒写怀人念远之思为主，而仍借助暮春景致的点染和映衬，故含蓄而富于韵味。过片说楼上栏杆，春来已被"倚遍"，可见怨情之深；而埋怨薄雨浓云总是遮住人面，更是无理而妙。结拍两句，尤能以景寓情，备受古今论者赞赏，或称"淡语之有致者"，或谓"有佳境"。这自是一首清楚明白的抒情词，前人或有猜测其"政治寄托"者，实在是多事。

蝶恋花

玉椀冰寒消暑气①，碧簟纱厨②，晌午朦胧睡。莺舌惺忪如会意③，无端画扇惊飞起。　　雨后初凉生水际，人面荷花，的的遥相似④。眼看红芳犹抱蕊，丛中已结新莲子。

【注释】

①椀：同"碗"。　②碧簟：碧绿色的竹凉席。纱厨：见前《撼庭秋》(别来音信千里)注①。　③惺忪：轻快，灵活。　④的的：清晰明亮的样子。《淮南子·说林训》："的的者获，提提者射。"高诱注："的的，明也。"南朝梁简文帝《咏栀子花》诗："素华偏可意，的的半临池。"唐杜甫《宿白沙驿》诗："随波无限月，的的近南溟。"

【评析】

这首词描写富贵之人夏日里优裕雅致的生活，意态从容，风格闲淡，充满所谓"富贵气象"，完全是这位宰相词人日常生活情趣的自我呈现。作者以闲闲之笔，缕述自家庭院中夏天的生活细节，以及在这种生活环境中的细致感受。"玉椀"三句说：玉椀盛来寒冰，消去屋中暑气；晌午时候，躺在纱帐里的凉席上蒙胧睡去。"莺舌"两句则云：午觉醒来，黄莺的啼声轻快灵活，好像能解人意；无端地瞧见我画扇轻摇，它便受惊飞起。过片三句，由室内到了室外：主人公漫步到荷池边，此时骤雨初歇，水面风动凉生，美人（主人的侍女）的娇面与红艳的荷花相映，使人悦目赏心。末两句写词人细细观看荷花，发觉花丛之中，已有了新结的莲子！通篇所写，都是闲人闲事，词人自我形象特鲜明。

蝶恋花

　　梨叶疏红蝉韵歇，银汉风高①，玉管声凄切②。枕簟乍凉铜漏咽③，谁教社燕轻离别④。　　草际蛩吟珠露结⑤，宿酒醒来⑥，不记归时节。多少衷肠犹未说⑦，朱帘一夜朦胧月。

【注释】

　　①银汉：银河，这里代指天空。　　②玉管：乐器的美称。唐白居易《想夫怜》诗："玉管朱弦莫急催，容听歌送十分杯。"　　③铜漏：古计时器。也名漏壶。有播水壶三，分水壶一，受水壶一。受水壶上有铜人抱时刻漏箭，故名。　　④社燕：燕子春社（立春后第五个戊日祭土神祈求年丰，称春社）飞来，秋社（立秋后第五个戊日酬祭土神，称秋社）飞去，故名社燕。⑤蛩（qióng）：蟋蟀。　　⑥宿酒：隔夜饮酒。　　⑦衷肠：内心的感情。唐韩偓《天鉴》诗："神依正道终潜卫，天鉴衷肠竟不违。"

【评析】

　　此词写秋夜恋情。作者很善于用特定的景物描写来烘托、渲染特定的情怀。大晏词极喜欢、也极擅长描绘秋景，其目的都在于借此表现秋日特有的情思。本篇也是如此。上片写秋夜之景，境界高旷而清疏，其中透出凄切气氛，也就透出此夜与情人轻别的惆怅之意。下片逆叙"多少衷肠犹未说"的隔夜欢情，而又以眼前景物的描写作结，熔情于景，含蓄有味。

蝶恋花

　　南雁依稀回侧阵，雪霁墙阴，偏觉兰芽嫩①。中夜梦余消酒困，炉香卷穗灯生晕②。急景流年都一瞬，往事前欢，未免萦方寸③。腊后花期知渐近④，寒梅已作东风信。

【注释】

　　①偏觉：最觉。　　②穗：灯花。　　③萦：缠绕，牵挂。方寸：心。　　④腊后：腊日之后。古时以夏历十二月八日为岁终祭祀百神之日，称腊日。

【评析】

　　此词写雪霁梅开、冬春交替之际的心理感触和绵远情思。上片写寒冬之末，阳气初动，艺术触觉极为敏锐，细节描写也极生动。南雁曰"依稀"，兰芽曰"嫩"，皆准确地表现出春光乍露之时的朦胧稀浅之状。所谓"偏觉"，则表明芸芸众生尚未察觉阳气之动，唯诗人敏感，先知信息也。"中夜"两句，则自述夜阑酒醒梦断、对景生情之状，室内场景历历如画。下片抒写"消酒困"之后的情思。过片三句，即景感怀，不执著于一时一地的情事，而是由对季节递换的微妙感触生发开去，对于光景之急转、人生之短暂及人情之绵长发抒感慨。这种情思，正如叶嘉莹先生所说："它所给予读者的，除去情感上的感动外，另外还有着一种足以触发人思致的启迪。"（《大晏词的欣赏》）词的末两句，伤感之后忽作欢欣语：虽然春景只有"一瞬"，但它毕竟随梅花之开放又降临人间了！以梅花报春作结，这表露了参透物理之后的旷达乐观之怀。

拂霓裳

庆生辰，庆生辰是百千春。开雅宴，画堂高会有诸亲。钿函封大国[①]，玉色受丝纶[②]。感皇恩，望九重、天上拜尧云[③]。今朝祝寿，祝寿数，比松椿[④]。斟美酒，至心如对月中人[⑤]。一声檀板动，一炷蕙香焚。祷仙真，愿年年今日、喜长新。

【注释】

①钿函：即钿轴，以金花嵌饰的诰命诏书。唐白居易《妻初授邑号告身》诗："弘农旧邑受新封，钿轴金泥诰一通。"封大国：被封为国夫人。唐宋时制度，文武官一品及国公的母亲、妻子封国夫人，相当于古诸侯国君的母、妻，是最高的封号。　②玉色：坚定而严肃的脸色。《礼记·玉藻》孔疏："军尚严肃，故色不变动，常使如玉也。"丝纶：皇帝的诏书。《礼记·缁衣》："子曰：王言如丝，其出如纶。"后遂称天子诏书为"丝纶"。　③尧云：《史记·五帝本纪》："帝尧者，放勋。其仁如天，其知如神，就之如日，望

之如云。"唐司马贞《索引》:"如云之覆渥,言德化广大而浸润生人,人咸仰望之,故曰如百谷之仰膏雨也。"后遂称皇帝的恩泽为尧云。唐骆宾王《上司列太常伯启》:"从龙润础,霈甘泽于尧云。"这里指皇帝赐予国夫人封号的诏书。 ④松椿:松树经冬不凋;椿指大椿,传说中"以八千岁为春,以八千岁为秋"的长寿树(见《庄子·逍遥游》)。松椿连用,喻长生不老。唐贾岛《灵准上人院》诗:"掩扉当太白,腊数等松椿。" ⑤至心:佛家语,至诚之心。《无量寿经》卷上:"至心精进,求道不止。"月中人:月中仙人,此处代指寿主。

【评析】

　　《拂霓裳》为唐教坊曲,用作词调,始见于晏殊《珠玉词》。晏词中此调共三首,分两体;一为双调八十二字,被《词谱》列为正体;一为双调八十三字,《词谱》列为别体。本篇为正体,上片八句六平韵,下片八句五平韵。这是一首家宴祝寿词,从词中"钿函封大国,玉色受丝纶"和"至心如对月中人"等语可以推断,寿主就是晏殊的夫人王氏,她因丈夫担任宰相,被皇帝下诏封为国夫人，又恰逢生日，于是丈夫为之设宴，庆贺这双喜临门的日子。这样的题材内容有没有必要在词中表现？有研究者认为，"此类词"在文学上"毫无价值"。这样的看法太绝对。宋词中寿词极多，据学者统计，在《全宋词》两万一千多首作品中，寿词多达两千五百多首，占总数的八分之一弱。这是当时祝寿风气盛行的一种反映。对这些作品，不能笼统地做出全盘肯定或否定的价值评判和审美评价，应该具体篇章具体分析。判断一首寿词有无"文学价值"，主要应该看其是否有真挚的情感寄托和一定的审美意境。晏殊此词，属于寿妻词，其中虽有谀颂君主的句子（那是因为君主刚下诏封晏妻为国夫人，于礼于情，必须说感恩的话），但主要内容还是表达对妻子的温馨的亲情和良好的祝愿，全章的描写让我们看到了上层社会文人夫妻生活与情感的一个侧面。词的开头两句，点明生辰。次两句，述及雅宴高会，诸亲聚集。再次两句，以对偶描写今日是双喜临门，夫人于生日受封为国夫人。歇拍则写宴开时合家向皇宫下拜，感谢皇恩。上片全用赋笔，叙事简明，写富贵场中之事，却不事彩绘，其典雅庄重，与作者及寿主的身份相符合。

词的下片表达祝颂之意，虽不免仍用寿辞的一些套语陈腔，但语气中流露的，确是真挚的亲情。"至心"者，至诚之心。这是佛家语，作者用它来表示对寿主的诚挚祝愿，比起那些世俗味很浓的道家语，多了一份高雅清醇的韵致。

拂霓裳

　　喜秋成，见千门万户乐升平。金风细，玉池波浪縠文生^①。宿露霭罗幕，微凉入画屏。张绮宴，傍熏炉蕙炷、和新声。　　神仙雅会，会此日，象蓬瀛^②。管弦清，旋翻红袖学飞琼^③。光阴无暂住，欢醉有闲情。祝辰星，愿百千为寿、献瑶觥^④。

【注释】

　　①玉池：池塘的美称。縠文：即"縠纹"，指水面的波纹。縠，一种丝织品，其纹细密。　②蓬瀛：海上仙山，见前《长生乐》（阆苑神仙平地见）注②。③飞琼：即许飞琼，仙女名。旧题汉班固《汉武帝内传》："王母又命侍女……许飞琼鼓震灵之簧。"④瑶觥：酒杯。

【评析】

　　本篇为《拂霓裳》的别体，双调八十三字，上片八句五平韵，下片八句六平韵。这也是一首祝颂词，是一首应酬性质的普通的寿词。上片铺写秋天景色和宴会的场面，其中当然不免有"千门万户乐升平"这样的颂"太平盛世"的句子。这种颂扬也非全无根据，因为宋仁宗在位的四十二年确为北宋最繁荣太平的时期。下片道祝颂寿主之意，虽充满世俗情调，但仅是平庸，并不显得恶劣。

拂霓裳

乐秋天，晚荷花缀露珠圆。风日好，数行新雁贴寒烟。银簧调脆管①，琼柱拨清弦。捧觥船②，一声声、齐唱太平年。　　人生百岁，离别易，会逢难。无事日，剩呼宾友启芳筵③。星霜催绿鬓，风露损朱颜。惜清欢。又何妨、沉醉玉尊前④。

【注释】

①银簧：笙管中调和音调的银制簧片。　②觥船：大酒盏。　③剩呼：尽呼。　④玉尊：酒杯的美称。

【评析】

本篇抒写内容与前两首同调词差不多，从风格上来看，也都属于雍容闲雅、典丽精工的颂体。但比起前两篇的一般化、类型化的抒写来，本篇在述事造境上有一定的特色。上片写景，颇有清新之致。作者特别善于描写秋景，长于选取有特征、有代表性的物象来渲染秋天的环境气氛。比如为了表现秋天"风日好"，就不泛泛写山水庭园的大背景，而是选取"晚荷露珠圆"和"新雁贴寒烟"两道风景线来突显庭园与天空之美，从而见出整个秋景之美。此外，写到宴会，单挑乐器来写，管乐器曰"脆管"，弦乐器曰"清弦"，都是在通过人的感官来显示秋气之清爽和秋景之怡人。下片的抒情也非泛泛应对宾朋，而是密切结合秋景来宣泄特定的心灵感触：秋日星霜，催人鬓白；秋日风露，损人朱颜。秋景示人以好景不长、清欢短暂之意，所以要抓紧时间，尽醉方休。此词成功之处，就在于它写出了如叶嘉莹先生《大晏词的欣赏》所称赞的对自然景物的"诗人之感觉"。

菩萨蛮

　　芳莲九蕊开新艳，轻红淡白匀双脸。一朵近华堂，学人宫样妆①。　　看时斟美酒，共祝千年寿。销得曲中夸②，世间无此花。

【注释】

　　①宫样妆：宫女梳妆的样式。唐刘禹锡《赠李司空妓》诗："高髻云鬟宫样妆，春风一曲杜韦娘。"②销得：同"消得"，值得。曲：指乐府《采莲曲》之类咏莲花的作品。

【评析】

　　《菩萨蛮》又名《子夜歌》《重叠金》，为唐教坊曲。原为外来舞曲，文人用以倚声填词。双调小令，四十四字，前后片各两仄韵，两平韵，平仄递转，情调由紧促转低沉。历来名作最多。但晏殊集中四首皆非艺术精品，只是一般化的咏物以应歌的即席之作。本篇咏莲（即荷花），从过片所述情事来看，当是在夏日祝寿宴会上，以席间摆设的莲花为题，咏以献寿之作。上片，取喻于筵间歌儿舞女，描绘莲花的美丽形态，将它比拟为绝色佳人。首两句，说莲花新开，花朵轻红淡白，色泽鲜艳，犹如美人的脸颊。后两句，进一步取譬，说供奉于华美厅堂的一朵花，更是娇艳无比，像是美人装扮成宫女的样式。下片正式写到席面上来，点明所咏之花，是寿筵上的花；对酒赏花，是为了祝颂人长寿。末两句，脱离具体的形象描写和情事叙述，而发为空泛的赞语，殊觉无韵味。通篇平庸浮浅，没有新意，难称佳作。

菩萨蛮

秋花最是黄葵好①，天然嫩态迎秋早。
染得道家衣，淡妆梳洗时②。　晓来清露滴，
一一金杯侧③。插向绿云鬓，便生王母仙④。

【注释】

①黄葵：即黄蜀葵、秋葵。　②"秋花"四句：
这是化用唐薛能《黄蜀葵》诗："娇黄新嫩欲题诗，尽
日含毫有所思。记得玉人初病起，道家装束厌禳时。"
③金杯侧：形容黄蜀葵花的颜色和形状。《本草纲目》
卷十六《草》释黄蜀葵云："六月开花，大如碗，鹅黄
色，紫心，六瓣而侧。旦开，午收，暮落。人亦呼为侧
金盏花。"故本篇及下篇有"金杯侧"、"承金盏"等语。
④王母：即西王母，神话传说中的美貌女神。

【评析】

本篇咏黄蜀葵花，在形象描绘和意境营造上既有
沿袭，也稍有创造。上片写黄蜀葵的淡雅娇美的风姿，
并非出于词人的创造，而是借用唐人薛能七绝《黄蜀

葵》所创意象，将此花比拟为淡妆梳洗的美丽道姑；但加上了"天然嫩态"这一形容语，则有点铁成金之妙，将花的素雅自然之美突显出来了。下片，不满足于就花咏花，而进一步采用映衬之法，将花放到美人头上去写，说是美人戴上此花，就更美了，成了像西王母一样的美丽女神。这一描写，乃是本篇的出新之处，它将花之美与人之美化合为一，将花的品格提升了。

菩萨蛮

人人尽道黄葵淡，侬家解说黄葵艳①。可喜万般宜②，不劳朱粉施③。　摘承金盏酒，劝我千长寿。擎作女真冠④，试伊娇面看⑤。

【注释】

①侬家：自称，犹言吾家，我。解：会，得，能。②可喜：可爱。③不劳朱粉施：用宋玉《登徒子好色赋》中"施朱则太赤，傅粉则太白"意。④擎（qíng）：向上托。女真冠：女道士戴的黄冠。⑤伊：她。看：比拟，比比看。

【评析】

本篇仍是咏黄蜀葵。前一篇（秋花最是黄葵好）客观描写的成分较浓，"道家衣"的譬喻和"清露滴"、"金杯侧"的渲染勾绘，也都是为着穷其形而尽其相；本篇则偏重于主观感受的抒发，陈说的是词人对于花之美的独特把握。上片开头两句，就用评论的口吻，表达自己对黄蜀葵的独特之美的认知：人人都说黄蜀葵的颜色十分素淡，我却认为黄蜀葵十分美艳。为什么？后两句做了回答：黄蜀葵的美是一种天然的美，就像一个天生美艳的女子，用不着再傅粉施朱。下片具体抒写词人对黄蜀葵的爱赏之情。过片两句，比之为金杯，要用来装酒，祝自己长寿；结尾两句，再用比喻，拟之为女真之冠，使黄蜀葵的意象更加鲜明而富感染力。

菩萨蛮

　　高梧叶下秋光晚①，珍丛化出黄金盏②。还似去年时，傍阑三两枝。　　人情须耐久，花面长依旧。莫学蜜蜂儿，等闲悠飏飞③。

【注释】

　　①"高梧"句：用唐李郢《早秋书怀》诗："高梧一叶坠凉天。"　　②珍丛：花丛。　　③等闲：随便，轻易。

【评析】

　　本篇仍是咏黄蜀葵，但主题已经改变，不是咏物（花），而是以物为触媒，来咏写人的爱情理想。全篇主旨，都在"人情须耐久"一句上。词中由时令而牵出节物，由节物而及于人情，层次井然，情由是乎愈转愈深，最终仍以物象寓情，情韵含蓄而悠远。上片，以作者惯有的高朗清疏的笔调，写出金秋时节黄葵盛开的美丽景象。但此词意不在写景和咏物，仅是触景、物而感怀，故后两句马上睹物忆旧，引入"去年（此）

时",进入抒情境界。下片,借物遣情,表现了词人希望爱情要持久和专一的意愿。词人从正、反两面立言,来表现这一主旨。先从正面说:爱情应该耐久,犹如花面长依旧。再从反面说:不要学那轻浮的蜜蜂儿,随意在黄葵花上逗留一会儿,就飘飘忽忽地飞走了!这实际上是借蜜蜂以告诫人,意思十分明豁。在晏殊的三首咏黄葵词中,这一首最有抒情价值,其长处不仅在论者所说的"有极鲜明的意象"而已。

秋蕊香

梅蕊雪残香瘦①，罗幕轻寒微透。多情只似春杨柳，占断可怜时候②。　萧娘劝我杯中酒③，翻红袖。金乌玉兔长飞走④，争得朱颜依旧⑤。

【注释】

　　①香瘦：指香气变得淡薄了。　②占断：占尽。见前《渔家傲》（脸傅朝霞衣剪翠）注②。可怜：可爱。③萧娘：代指歌妓。　④"金乌"句：形容时光飞逝。金乌，指太阳。玉兔，指月亮。　⑤争得：怎得，怎能够。朱颜：代指青春。

【评析】

　　《秋蕊香》一调，始见于晏殊《珠玉词》。这是双调四十八字的小令，上、下片各四句四仄韵。晏殊词中此调有两首，都是写冬末春初时节宴饮取乐的。本篇主旨，在于抒写"金乌玉兔长飞走，争得朱颜依旧"的感慨。这种感慨，在《珠玉词》中丝毫不新鲜。不过这次的感慨是由冬去春来自然风物的变化引发的，所以词的上片照例先写初春的景致。最让人触目惊心的是梅之凋残与柳之勃发。梅为报春之花，是青春萌动的标志，但它花期不长，当百花开放桃红柳绿时，它却悄然蕊残香消了。这不能不引起敏感的诗人心灵之悸动：朱颜难久驻，青春不长远啊！于是词的下片即宣扬以歌舞醇酒开释愁怀的"及时行乐"之道。伤春悲秋，是诗人的"永恒主题"，说他们"无病呻吟"固然太过苛刻，但似此词这样的旧话连篇，也有点乏味。

秋蕊香

向晓雪花呈瑞，飞遍玉城瑶砌①。何人剪碎天边桂②，散作瑶田琼蕊③。　　萧娘敛尽双蛾翠④，回香袂。今朝有酒今朝醉⑤，遮莫更长无睡⑥。

【注释】

①瑶砌：美玉镶嵌的台阶。台阶的美称。　②天边桂：月中的桂花。传说月宫有桂树。　③瑶田：玉田。晋干宝《搜神记》卷十一记载，杨伯雍种玉之地名玉田。琼蕊：指雪花莹洁如玉。　④萧娘：指歌妓。敛：皱眉。双蛾：指美女的双眉。　⑤"今朝"句：搬用唐罗隐《自遣》诗："今朝有酒今朝醉，明日愁来明日愁。"　⑥遮莫：唐宋时俗语，尽教，任随他之意。唐杜甫《书堂饮既，夜复邀李尚书下马，月下赋绝句》诗："久拚野鹤如双鬓，遮莫邻鸡下五更。"又，方干《赠邻居袁明府》诗："朝昏幸得同醒醉，遮莫光阴自下坡。"

【评析】

此词与上一首主旨相近，都是宣扬流连光景、及时行乐的，但写法上有些不同。上片写雪景，不同于上一首的白描和直叙，而是用比拟和譬喻将雪花写得生动鲜活，营造出一个晶莹亮丽的冰雪世界。过片两句，则与上一首雷同，可见作者写此词时纯然是应酬敷衍。结尾两句，大约是感到实在没有什么新的意思要表达，但又不愿再重复上一首的句子，于是化用唐人诗句以收场。

相思儿令

昨日探春消息^①，湖上绿波平。无奈绕堤芳草，还向旧痕生^②。　有酒且醉瑶觥，更何妨、檀板新声。谁教杨柳千丝，就中牵系人情^③。

【注释】

①探春：唐宋风俗，京城士女在正月十五日收灯后到郊外宴游，叫探春。见王仁裕《开元天宝遗事》卷下《探春》、周密《武林旧事》卷三《西湖游幸》。②旧痕：指上年芳草生长和枯萎的痕迹。　③就中：其中。唐白居易《五凤楼晚望》诗："自入秋来风景好，就中最好是今朝。"

【评析】

《相思儿令》始见于晏殊《珠玉词》，而且宋词中仅见《珠玉词》载两首，可能是他的创调。这是双调四十七字的小令，上片四句二平韵，下片四句三平韵。晏殊的两首《相思儿令》都是春日游乐感怀之词，这一首写"探春"所见所感，下一首则写春深之时的感伤。本篇上片，先写探春于湖上（疑即颍州西湖，晏殊于仁宗庆历四年知颍州）之所见：昨日到湖岸探春，发现碧绿的春波已涨平湖面；芳草密密绕堤，却原来都是从去年凋枯的旧痕上萌生的。下片写探春之所感。词人于湖边漫步，继续寻找春天的信息，觉得最牵动人情的，是那风中飘拂的千丝杨柳。以上所写，皆非眼前景与当下情，而是对"昨日"的一段回忆，唯"有酒"两句，写的是眼下。这是打破时空的写法。

相思儿令

春色渐芳菲也，迟日满烟波①。正好艳阳时节，争奈落花何②。 醉来拟恣狂歌③，断肠中、赢得愁多④。不如归傍纱窗，有人重画双蛾⑤。

【注释】

①迟日：春日。 ②争奈：怎奈。 ③恣（zì）：放纵，无拘束地。 ④断肠：指令人断肠（伤心）的歌曲。 ⑤双蛾：指女子细长美丽的眉毛。

【评析】

本篇是前一首《相思儿令》（昨日探春消息）的姊妹篇。前一首写探春，本篇则写春深时节的感伤情绪。词的上片，从人的视觉出发，描述了从初春到盛春到春暮三个阶段的递进，层次清楚，脉理分明：言春意日隆，用"渐"字；言春光灿烂，迟日照烟波，则曰"满"；最后言春光极盛而衰，则惊见这"艳阳时节"却"落花"洒地，加以之"争奈何"的深沉叹息。下片则

侧重心理描写，排遣伤春惜春之情。过片两句，自言
狂饮酣歌以开解伤春之怀，不料赢得的是"断肠"的痛
楚，自感愁情更浓，无法消除。结拍两句，别立抒情
新意象，说是与其看花流泪，对酒伤心，不如回到房
间里，那儿我的美人儿正傍纱窗重画双眉，再施朱粉，
用她的美貌慰藉我伤痛的心灵。此词情思婉转，波澜
起伏，短短几十字却情感内容丰富，结构完整，显示
了作者深湛的艺术功力。

滴滴金

　　梅花漏泄春消息，柳丝长，草芽碧。不觉星霜鬓边白①，念时光堪惜。　　兰堂把酒留嘉客，对离筵，驻行色②。千里音尘便疏隔，合有人相忆③。

【注释】

　　①星霜：形容头发变白，星星点点，如同染上白霜。　　②行色：本指出行的神态，这里指行人。③合：应当，应该。

【评析】

　　《滴滴金》又名《缕缕金》，调始见于晏殊《珠玉词》，大约是北宋初期的新调。这是双调五十字小令，上、下片字数、句式和韵脚都一样，皆为二十五字、五句、四仄韵。本篇为伤离惜别之词。伤离惜别，为宋词中屡见不鲜的主题，但本篇的抒写仍有作者个人的一点特色。诚如近代词话家赵尊岳曾经指出的，"离"不足愁，"别"不足惜，可愁可惜者，主要在于此一离别之后音尘疏隔，难通情愫，将何以堪！（参见赵尊岳《〈珠玉词〉选评》，载《词学》第七辑，华东师范大学出版社 1989 年版）本篇着力之处正在于此，故"千里音尘便疏隔"为全文之主句，所有情景描写，都是为着突出词人这一心灵感受。上片写春景，由初春写到仲春，转而接入人事霜鬓，以见相聚之短暂、时光之堪惜，并暗示离别之可伤。下片写"离筵"和"行色"，弥见情思宛转，别意依依。结尾两句出以直率的情语，不觉其突兀，但觉其含蕴丰富，语短意长，这是因为这两个句子将主、客双方的互相依恋、不忍分离的情愫都凝结在其中了。

山亭柳

赠歌者

家住西秦[①]，赌博艺随身[②]。花柳上、斗尖新[③]。偶学念奴声调[④]，有时高遏行云[⑤]。蜀锦缠头无数[⑥]，不负辛勤。　数年来往咸京道[⑦]，残杯冷炙谩消魂[⑧]。衷肠事、托何人[⑨]。若有知音见采，不辞遍唱阳春[⑩]。一曲当筵落泪，重掩罗巾。

【注释】

①家住西秦：今陕西一带，古为秦国之地，故称西秦。此地古多歌唱家，三国魏曹植《侍太子坐》诗云："歌者出西秦。"　②赌博：一种掷采较胜负的游戏。　③斗尖新：竞出新巧别致的花样。《全唐诗》卷八百八十《占辞》载无名氏《射覆巾子》诗："近来好裹束，各自竞尖新。"　④念奴：唐玄宗天宝年间著名歌妓。唐元稹《连昌宫词》自注："念奴，天宝中名倡，善歌。"　⑤高遏行云：形容歌声高亢激越，能阻止天上的行云。参见前《更漏子》（蕣华浓）注⑦。

⑥蜀锦：四川出产的织锦。这里代指名贵的锦缎。缠头：古时歌妓演唱时以锦缠头作为装饰，后因把赠送给歌妓的锦帛之类称为缠头。唐白居易《琵琶行》："五陵年少争缠头，一曲红绡不知数。"　⑦咸京：指秦都咸阳，在今陕西西安西北。　⑧"残杯冷炙"句：语本唐杜甫《奉赠韦左丞丈二十二韵》诗："残杯与冷炙，到处潜悲辛。"谩消魂，徒然伤心。　⑨衷肠事：满腹心事。　⑩阳春：高雅的歌曲。见前《蝶恋花》（一霎秋风惊画扇）注④。

【评析】

《山亭柳》，又名《遇仙亭》，分平韵、仄韵两体。平韵体始见于晏殊《珠玉词》，即本篇。这是双调七十九字体，上片八句五平韵，下片八句四平韵。晏殊《珠玉词》中赠妓之作不少，大都为歌台舞榭应酬之篇，其内容大多互相雷同，所写人物与情事为类型化、普泛化的，缺乏鲜明的人物个性和特定的感情寄托。这一首却是一个特殊的例外。说它"例外"，主要是这样两点：一、它虽仍是"代言"体，但已不是类型化（对任何歌女都适用）的代言，而是为"这一个"（一位遭遇坎坷的陕西歌女）特殊人物代言，因而所写人物是个性鲜明、经历独特的；二、作者填这首词的目的不单是应酬，而是借他人杯酒浇自家胸中块垒，亦即借写别人来寄寓自己的感情。晏殊罢相之后，被外放知永兴军（今陕西西安），晚年"流落"于"西秦"，不无身世之悲。此词当为这段时间所作，遂借此赠妓之词，抒发其与白居易《琵琶行》相似的"同是天涯沦落人，相逢何必曾相识"之慨。至于本篇的表现手法，则是模仿歌妓的口吻，叙述其身世遭遇，边叙事边抒情，在完成对歌女形象的塑造和歌女经历的记叙之同时，作者的身世之感、流落之悲也就全部融进其中了。由于情感内容不同，大晏此词的风格与他的大多数词的风格也判然而异：他的主导风格圆融平静、清疏旷朗，这一首却声情激越、感慨悲凉。这实际上是他性格中刚峻激烈一面的外化。

睿恩新

芙蓉一朵霜秋色①，迎晓露、依依先拆。
似佳人、独立倾城②，傍朱槛、暗传消息。
静对西风脉脉③，金蕊绽、粉红如滴。向兰堂、
莫厌重深，免清夜、微寒渐逼。

【注释】

　①芙蓉：这里指木芙蓉。　②似佳人、独立倾城：语出《汉书·外戚传上》载李延年歌："北方有佳人，绝世而独立。一顾倾人城，再顾倾人国。宁不知倾城与倾国，佳人难再得。"这里将木芙蓉喻为倾城倾国的美女。　③脉脉：含情不语的样子。

【评析】

　《睿恩新》一调，始见于晏殊《珠玉词》，可能是他的创调。这是双调五十五字小令，上、下片各四句三仄韵，上、下片的后三句多用上三下四的句法。本篇咏木芙蓉，表现词人爱花惜花的心情。词人选取秋日清晨带露迎风率先开放的一朵木芙蓉来加以赞

美，这就给人以无穷清新之感和鲜明突出的印象。上片，先写这朵花在清晨犯寒凌霜，带露开放，神态依依，鲜活可爱；然后用拟人法，将此花喻为倾城倾国的绝代佳人。这个比拟当然并不新鲜，未能突出木芙蓉的个体特征。下片抒写爱花惜花之情，而分为两个层次：先写此花之所以可爱，在于它既美艳（金蕊绽、粉红欲滴）又沉静（脉脉不语）；后写自己的打算：为使此花晚上免于受寒，拟将它移到兰堂深处保护起来。

睿恩新

红丝一曲傍阶砌，珠露下、独呈纤丽。剪鲛绡、碎作香英①，分彩线、簇成娇蕊。　向晚群花欲悴②，放朵朵、似延秋意。待佳人、插向钗头，更袅袅、低头凤髻③。

【注释】

①鲛绡：相传为南海水底鲛人所织的一种丝纱，见《文选·吴都赋》注及南朝梁任昉《述异记》卷上。这里比喻花瓣。香英：香花。　②悴：衰落，凋谢。三国魏曹植《朔风》诗："繁花将茂，秋霜悴之。"③袅袅：随风摆动的样子。凤髻：古时女子的一种发饰，以其高翘似凤舞，故名。《事文类聚》："髻上加翠翘花，傅之铅粉，其高髻名凤髻。"唐杜牧《为人题赠》诗："和簪抛凤髻，将泪入鸳衾。"

【评析】

本篇承上篇（芙蓉一朵霜秋色）而来，也是咏木芙蓉。上篇咏的是先开的一朵，本篇则继咏盛开的群花（一曲、朵朵）；上篇只是笼统地称赞花之美艳，本篇则具体描绘花的形状和意态。上片，赋而兼比，描绘群花的美丽形态。前两句，写群花如红丝一曲，傍阶开放，纤丽无比。后两句，发挥想象，认为此花是仙人巧碎南海鲛绡，然后用彩线缝成。下片仍申爱花之意，而亦分两层：先说秋日向晚，各种花陆续凋谢，唯木芙蓉犯霜而开，似是在延续秋天的寿命。末两句，设想这样好的花，应该给佳人插头，双美相映衬，更显其美。

玉堂春

帝城春暖^①，御柳暗遮空苑^②。海燕双双，拂扬簾栊。女伴相携、共绕林间路，折得樱桃插髻红。　　昨夜临明微雨，新英遍旧丛。宝马香车、欲傍西池看^③，触处杨花满袖风^④。

【注释】

①帝城：京城，指北宋都城汴京（今河南开封）。②御柳：宫苑中所种的柳树。　③西池：指汴京金明池，为当时游览胜地。宋秦观《千秋岁》词："忆昔西池会，鹓鹭同飞盖。"宋吴曾《能改斋漫录》卷十七："少游词云：'忆昔西池会，鹓鹭同飞盖'，亦为……叙其为金明池之游耳。"明李濂《汴京遗迹志》卷八："金明池在城西郑门外西北。"以其在汴京城西，故宋人诗词中常将它称为"西池"。　④触处：处处。

【评析】

《玉堂春》一调，始见于晏殊《珠玉词》，可能是他的创调。这是双调六十一字的小令，上片七句两仄韵两平韵，下片五句两平韵，上片平、仄韵不同部错叶。大晏词用此调者共三首，都是写京城春日情事的，可能是同一时期所作。本篇写春日京城女子踏青采花之乐。一上来四句，描绘春暖时节帝城的旖旎风光。这里不作过多的铺陈和渲染，而只以柳阴之浓显示春事之深，以燕子的双双飞翔见出春意之撩人。"女伴"三句，为一篇描述之中心：富贵官宦人家的女眷，结伴出游，他们穿行于林间，竞折樱桃插上发鬓……过片两句，为补叙之笔，说明今天之所以春色宜人，招来这么多游女，乃是因为昨夜临明下了小雨，催开了无数新花。结尾三句，含三重意思：一是点明游春赏花女伴的富贵身份（宝马香车，非一般市民）；二是点明游赏之地为京城名胜金明池（西池）；三、眼下风光正好，"触处杨花满袖风"，使人游兴更浓，欲罢不能。

玉堂春

后园春早，残雪尚蒙烟草。数树寒梅，欲绽香英。小妹无端、折尽钗头朵①，满把金尊细细倾。　　忆得往年同伴，沉吟无限情②。恼乱东风、莫便吹零落③，惜取芳菲眼下明。

【注释】

①小妹：小姑娘。钗头朵：指状如钗头的梅花。②沉吟：深思默想。　③恼乱：烦扰。唐白居易《和微之十七与君别及陇月花枝之咏》诗："别时十七今头白，恼乱君心三十年。"

【评析】

此词写初春赏花惜花之情，兼寓怜人之意。词中的主角是一位多情而敏感的"小妹"，作者以细腻轻婉的笔触，描写出这位女子眼中所见之景、手上所做之事和心中涌动之情，很好地层现了惜花怜人的主题。上片开头四句，写女主人公初春眼中所见：今年春来早，残雪未消，几树寒梅已经含苞欲放了。后三句，写她爱花惜春的行为：她无端将"欲绽香英"的花枝折来，插向钗头，还将金杯斟满酒，细细品尝，慢慢赏花。下片则惜花与怜人并写，营造出缠绵幽婉的抒情意境。过片两句，对花感怀，忆起去年赏梅探春的同伴，陷入沉思。末三句，抱怨东风，请求它不要把梅花吹落，要它爱护花儿，让它们在眼前灿烂开放。这里，将同伴的离散与梅花的零落联在一起写，感慨很深。"惜取芳菲眼下明"与作者《浣溪沙》的"怜取眼前人"同意。故小妹的感触实为作者的感触。

玉堂春

斗城池馆①，二月风和烟暖。绣户珠帘，日影初长。玉辔金鞍、缭绕沙堤路②，几处行人映绿杨。　　小槛朱阑回倚，千花浓露香。脆管清弦、欲奏新翻曲，依约林间坐夕阳③。

【注释】

①斗城：原指汉长安故城。《三辅黄图》卷一《汉长安故城》："城南为南斗形，北为北斗形，至今人呼汉京城为斗城。"这里借指宋都城汴京（今河南开封）。②沙堤路：通往宰相府的路。唐天宝三载（744），京兆尹萧炅请于长安要路筑甬道以通车骑，覆沙于道上，称为沙堤。凡拜相，府县令民众载沙铺路，从宰相私邸铺到子城东街，成为故事。参见唐李肇《国史补》卷下。　　③依约：大概，大约，表示估量的副词。唐白居易《答苏庶子》诗："蓬山闲气味，依约似龙楼。"唐罗隐《寄洪正师》诗："会应谋避地，依约近禅庵。"

【评析】

　　这也是作者写于京城汴京的春日赏景宴乐之作。与其他几首写于同时同地的赏春之作不同，这一首亮出了作者的宰相身份，公开描写了宰相的居住环境，进一步又展示了家居宴乐的生活场景。因此，本篇算得上是一次自我化的表现。开篇四句，像是广角镜头，展示了京城春深时节的绚丽景象。接下来三句，则是近景摄影，入图的是沙堤路上、相府门前。下片则镜头专摄相府庭园之内：小槛朱阑、千花带露；脆管清弦，新曲悠扬；主人闲暇从容，坐享春光。通篇不但有移步换形、层层递进的画面之美，而且画中有人——风度闲雅的赏春人。

临江仙

　　资善堂中三十载①，旧人多是凋零。与君相见最伤情。一尊如旧，聊且话平生。此别要知须强饮，雪残风细长亭。待君归觐九重城②。帝宸思旧③，朝夕奉皇明。

【注释】

　　①"资善堂中"句：资善堂是宋仁宗赵祯为皇太子时读书讲学及习政事之所。《宋会要》："资善堂，在元符观南，大中祥符八年（1015）置。"《宋史》卷九《仁宗本纪》："（大中祥符）八年封寿春郡王，讲学于资善堂……（天禧二年，1018）九月丁卯，册为皇太子……四年，诏五日一开资善堂，太子秉笏南乡立，听辅臣参决诸司事。"又，晏殊于宋真宗天禧二年（1018）八月以户部员外郎充太子舍人（参见夏承焘《唐宋词人年谱·二晏年谱》）。　②归觐（jìn）：回京朝见君主。九重城：指京城，皇帝所居之城。宋玉《九辩》："岂不郁陶而思君兮，君之门以九重。"　③帝宸（chén）：皇帝的居所。代指皇帝。

【评析】

　　《临江仙》原为唐教坊曲，用作词调，始见《花间集》。为双调小令。五代北宋各家依调填词，字数句韵不一，有十多体。晏殊集中仅此一首，用的是五十八字体。此体上、下片各五句三平韵，四、五、六、七字句错杂使用，有顿宕回环的声情之美。晏殊此词，是写友情的，所赠的对象，是他早年担任太子舍人时的同僚——即同在资善堂中辅佐皇太子的一位官员。据记载，宋真宗天禧二年（1018）八月，二十八岁的晏殊被任命为太子舍人；一个月后，赵祯（即后来的宋仁宗）被正式册立为皇太子，从此晏殊成为东宫属官，成为在"资善堂"中辅佐太子的主要成员。这一段经历在他仕宦途中有决定性意义，因为仁宗登位之后，重用东宫旧人，晏殊遂平步青云，做到宰相。这就不难理解，为什么时过三十年之后，他还对资善堂中"旧人"那么念念不忘。这首词就是写的这种怀旧情绪。词为晚年晏相放外任期间所作，久历人世沧桑，故感慨苍凉，风格质朴，出语自然直率而带真情。上片，叹旧人之"凋零"，以显仅存者相逢之不易，充满了伤感的气氛；下片，对友人发出良好的祝愿，情意款款，语调深沉，如见两个老人促膝谈心。论者以"雍容"评说此词风格，并不准确，它实为沉郁苍凉之作。

燕归梁

　　双燕归飞绕画堂，似留恋虹梁①。清风明月好时光，更何况、绮筵张。　　云衫侍女②，频倾寿酒，加意动笙簧③。人人心在玉炉香。庆佳会、祝延长。

【注释】

　　①虹梁：形如彩虹的曲梁。汉班固《西都赋》："因瑰材而究奇，抗应龙之虹梁。"唐柳宗元《行路难三首》之三："星躔奔走不得止，奄忽双燕栖虹梁。"②云衫：飘飘如云的白色衣衫。唐李贺《神弦别曲》诗："南山桂树为君死，云衫浅污红脂花。"　　③加意：注意，特意。《后汉书·隗嚣传》："故帝有辞答，尤加意焉。"

【评析】

　　《燕归梁》一调，始见晏殊《珠玉词》，以本篇开头"双燕归飞绕画堂，似留恋虹梁"而得名，是晏殊的创调。这是双调五十一字小令，上片四句四平韵，下片五句三平韵，上片第二句例为上一下四句法。这是一首寿词，语浅白，情寡淡，境平庸，纯是应景之作，并无多少审美价值可言。上片写春景，惟开头两句将燕子拟人化，觉尚有情致；后两句泛泛而赞"好时光"，而没有形象性的呈现，已觉无味。下片的侍女、寿酒、笙簧、炉香等等，皆属虚应故事，无一件新鲜；"庆佳会、祝延长"云云，更是祝寿常用口号。大家也难免凡庸，于此可见一斑。

燕归梁

　　金鸭香炉起瑞烟，呈妙舞开筵。阳春一曲动朱弦[1]，斟美酒、泛觥船[2]。　　中秋五日，风清露爽，犹是早凉天。蟠桃花发一千年[3]。祝长寿、比神仙。

【注释】

　　①阳春：高雅美妙的乐曲，已见前注。朱弦：乐器上的红色丝弦，代指乐器。唐刘禹锡《彭阳唱和集引》："锵然如朱弦玉磬，故名闻于世间。"　　②觥船：大酒盏，前已屡注。　　③"蟠桃"句：见前《破阵子》（海上蟠桃易熟）注①。

【评析】

　　与前一首《燕归梁》（双燕归飞绕画堂）一样，本篇也是纯粹应酬敷衍的祝颂之作。一样的金炉瑞烟、妙舞绮筵；一样的清歌朱弦、美酒觥船；一样的蟠桃千年，寿比神仙。找不到一点新东西，嗅不出一丝真感情，只有陈腔老调，哼哈应酬。惟一感到不同的地

方是，前一篇写的是春天的事，本篇则写的是秋日之
景，环境气氛稍见清新，但即使这"风清露爽"的"早
凉天"，也被那满堂的烟味酒气、红袖朱弦差不多遮蔽
完了。寿词之所以不易写好，是由它那浓重的世俗情
味和客套应酬性质所决定的。

望汉月

千缕万条堪结①，占断好风良月②。谢娘春晚先多愁③，更撩乱、絮飞如雪。　短亭相送处，长忆得、醉中攀折。年年岁岁好时节。怎奈尚、有人离别④。

【注释】

①"千缕"句：这是化用唐刘禹锡《柳枝》诗："御陌青门拂地垂，千条金缕万条丝。如今绾作同心结，将赠行人知不知。"　②占断：占尽。见前《渔家傲》（脸傅朝霞衣剪翠）注②。　③谢娘：代指妓女。④怎奈尚：疑为"怎奈向"之误（见《全宋词》本首校记）。向，语助词，无实义。

【评析】

《望汉月》，即《忆汉月》，为唐教坊曲，用作词调。唐时为齐言声诗体，入宋之后变为长短句。有四体。晏殊所用乃五十二字体，双调，上片四句三仄韵，下片亦四句三仄韵，上、下片末句例用上三下四句法。

这是一首咏柳词，借咏柳来抒写人的离情别恨。词中的柳树并非纯客观的自然物，而是一种思想情感象征。自汉代长安灞上兴起折柳送别风俗以来，柳就成了文学中写离情别绪的一个原型意象。此词即写暮春之柳，以抒人之胸中盘曲郁结的离别之愁。上片，以柳条、柳絮象征离情，情在景中，意象鲜明。下片忆短亭饮宴、折柳送别的旧事，申说对情人的怀念，仍以柳为抒情的触媒。末两句，情中有思，写出人所共有的憾恨。

连理枝

玉宇秋风至①，帘幕生凉气。朱槿犹开，红莲尚拆，芙蓉含蕊。送旧巢归燕拂高檐，见梧桐叶坠。　　嘉宴凌晨启，金鸭飘香细②。凤竹鸾丝③，清歌妙舞，尽呈游艺。愿百千遐寿比神仙④，有年年岁岁。

【注释】

①玉宇：天空的美称。南朝宋刘铄《拟明月何皎皎》诗："玉宇来清风，罗帐延秋月。"按，此阕原文作"玉字"，"字"显系"宇"之误，今径改。

②金鸭：指鸭形的铜香炉。　③凤竹鸾丝：凤竹指管乐器，鸾丝指弦乐器；竹丝连称，泛指宴会上的乐器。

④遐（xiá）寿：高寿，长寿。《晋书·葛洪传》："以年老，欲炼丹以祈遐寿，闻交趾出丹，求为句漏令。"

【评析】

《连理枝》又名《红娘子》《小桃红》《灼灼花》，传为李白所创调，原为单调三十五字小令，宋词加后

叠，衍为双调，七十字（别体为七十二字）。晏殊所用
为七十字体，上、下片各七句四仄韵。这是一首寿词，
上片写景，下片写宴会场面并达祝颂之意，章法步骤
与他的大部分寿词没有什么两样。写宴会无非是金炉
飘香、丝竹聒耳、歌舞娱情；颂语无非是百千遐龄、
上比神仙，全是陈腔老调。不过，此词上片写景十分
生动细致，颇见作者艺术水平。对秋气初来时三种花
的不同动态（一种"犹开"、一种"尚拆"、一种"含
蕊"）的描绘，可谓体物入微。

连理枝

绿树莺声老，金井生秋早[①]。不寒不暖，裁衣按曲，天时正好。况兰堂逢着寿筵开，见炉香缥缈。　组绣呈纤巧[②]，歌舞夸妍妙。玉酒频倾，朱弦翠管[③]，移宫易调[④]。献金杯重叠祝长生，永逍遥奉道。

【注释】

①金井：围有雕栏之井，古代诗词中多用以美称宫廷或贵家园林中之井。如南朝梁费昶《行路难》诗："唯闻哑哑城上乌，玉阑金井牵辘轳。"唐李白《长相思》诗："络纬秋啼金井阑，微霜凄凄簟色寒。"②组绣：华丽的编织刺绣物。见前《长生乐》（玉露金风月正圆）注②。此处专指歌妓华丽的衣服。　③朱弦翠管：泛指管弦乐器。　④移宫易调：意同"移宫换羽"，指演奏乐曲时变换乐调。参见前《殢人娇》（一叶秋高）注③。

【评析】

　　这也是一首秋日祝寿词。与前一首《连理枝》（玉宇秋风至）一样，本篇无非上片写景，下片写宴会场面并达祝颂之意，场面无非炉香组绣、朱弦翠管、轻歌曼舞、金杯玉酒之类，颂语无非长生千岁的套话。惟一可称者还是写景佳妙。而且本篇写景与前篇角度又有所不同。前篇以几种花的动态来标示秋季的降临，本篇却以"气"的变化来突显节令的转换：莺声变苍老，金井生凉意，人体也感到不寒不暖正舒服，这一切难道不是暑尽秋来的征兆吗？

名家解读

富贵闲雅的晏殊词

说到北宋小令派词人，其领袖当然得首推晏殊。

晏殊（991—1055），字同叔，抚州临川（在今江西省）人。在宋代的文人中间，他是一位难得的幸运儿——一生基本风平浪静、一帆风顺。他十四岁即以神童入试，很得皇帝宠爱，赐同进士出身。历任右谏议大夫兼侍读学士，同中书门下平章事（宰相）兼枢密使，礼部、刑部尚书等显职；只在晚年才受到一点挫折，外放颍州、永兴军（今西安）为地方官。死谥"元献"，世称晏元献。所以总观他的身世遭遇，堪称是生逢"盛世"（仁宗朝）的一位"太平宰相"。晏殊的文学才能很高，有诗文集二百四十卷，惜已失传。又编选过梁陈以后诗文一百卷，现也不传。其词名为《珠玉词》，约存一百三十余首，其中有一些作品又互见于冯延巳、欧阳修和晏几道集中。

晏殊的词，由其社会地位和审美情趣所决

定，具有如下几点显著的特色：

第一是富贵闲雅、雍容大方，体现出浓厚的贵族色彩。

理解上面这种特色，是不必多费口舌的。原因很清楚：他身处"太平盛世"，而自己的生活又较圆满幸福，所以发而为词，就多"富贵之语"与"和平之音"。不过，与同时期的柳永等人所写的富贵景象不同，出现在晏殊词中的那种"富贵"却别有一番"气象"与"风度"；而这，就又是与他"闲雅"的士大夫审美情趣密切相关的。据吴处厚《青箱杂记》卷五记载：

晏元献公虽起田里，而文章富贵，出于天然。尝览李庆孙《富贵曲》云"轴装曲谱金书字，树记花名玉篆牌"，公曰："此乃乞儿相，未尝谙富贵者。故余每吟咏富贵，不言金玉锦绣，而惟说其气象。若'楼台侧畔杨花过，帘幕中间燕子飞'，'梨花院落溶溶月，柳絮池塘淡淡风'之类是也。"故公自以此句语人曰："穷儿家有这景致也无？"①

又据欧阳修《归田录》卷二记载：

> 晏元献公善评诗，尝曰："老觉腰金重，慵便枕玉凉"，未是富贵语，不如"笙歌归院落，灯火下楼台"，此善言富贵者也。②

从这两则诗话来看，晏殊对文学的要求，乃在于要有一种"真正"的富贵气象存在——这种富贵气象，又绝不是靠"金玉锦绣"之类的字面来装饰就的；恰恰相反，它是通过对于富贵生活进行"过滤"和"提炼"之后才自然流露出来的。因而造就这种气象的必备条件就有两个：一是"真富贵"的生活，二是高雅不俗的"趣味"。而这两个条件，晏殊本人就得天独厚地兼而备之。所以我们读他的诗，读他的词，就都感到了那种富贵

---

① 吴处厚：《青箱杂记》，中华书局，1985年，第46—47页。

② 欧阳修：《归田录》，中华书局，1981年，第21页。

而闲雅的气度。比如其《寓意》诗：

> 油壁香车不再逢，峡云无迹任西东。梨
> 花院落溶溶月，柳絮池塘淡淡风。几日寂寥
> 伤酒后，一番萧瑟禁烟中。鱼书欲寄何由
> 达？山远水长处处同。

看来只是刮起了几阵淡淡的柳絮池塘之风，但是它所散发出的，却实是浓浓的富贵气味。浓和淡，富贵和文雅，就是这样辩证地结合在一起的。《宋史》本传说他"尤工诗，闲雅有情思"，此非虚语。

再如他的词：

> 一曲新词酒一杯，去年天气旧亭台。夕
> 阳西下几时回。　　无可奈何花落去，似曾相
> 识燕归来。小园香径独徘徊。（《浣溪沙》）

此词除一二字面稍涉香浓之外，通体都显得十分淡雅匀称。但是细细体味那种词境、那种词味，

却可发现，这里就蕴藏着一种雍容富贵的"气派"，一种闲雅大方的"风度"！试看：前厅还在那儿笙歌喧吹、举觞行令，作者却似乎有些厌倦于此境了。因而他独自哼着一曲新词，擎着一杯绿酒，来到后院的小园香径作花间的散步。举目所见，亭台如旧而天气暗换——这正暗示着去年乃至以前多少年来，他一直过着这种富贵优裕的享乐生活，而花落花开、燕去燕来的风景，又预示着这种生活还将年复一年地过下去。不过就在这"似曾相识"的所见所闻中，蓦地又涌上了一股"无可奈何"的淡淡的忧伤——这种忧伤，是感怀"伊人"的不见，还是感怀时光的流逝？作者没有明说，也不必说清，只让我们从他"独徘徊"的动作中去细加思索。这里既没有寒士酒醉饭饱后的满足感，也没有柳永渴念恋人的那种焦灼感，有的只是达官贵人在享乐之余所生出的对于生活的进一步反思和一个命运基本圆通者不免也会生出的那种淡淡的怅惘。我们在这类作品中所品尝到的，就不是那种肥饫甘醇、山珍海馐所直接散发的色、香、味，倒像尝到了盛宴之后所送上来的一杯高级龙井茶——在啜饮之后却又能倍加深切地回味起刚才的丰盛酒席。所以，和柳永那些尽量要用"香衾雕鞍"、"暖酥腻云"之类字面装饰出来的"富贵景象"相比，晏殊这些词才是"真富贵"、"真贵族"的作品。

第二是意境深厚、情中有"思"。

由于晏殊的词多写其富贵的生活和姿婉的情致，因此题材自然仍不免于狭窄的毛病。不过，弥补这个缺点的乃是，晏词的一些作品意境却比较深厚，而且他的一些优秀作品中，还往往具有着情中有"思"（思致）的特点。这些，就显得比较可贵了。

这种可贵性，表现在下列两方面：首先，一般人处在晏殊这种优越的生活环境中，往往是沉溺于享乐之中都还嫌时间不够，因而不大会去抒发关于人生的喟叹之感。而晏殊却不同于他们，在他的不少词中，常常潜伏着一种忧郁和骚动不安的情绪；而这种情绪，正表明了他作为一个真正的诗人那种于圆满中深感不圆满的敏感特质。这就显出其不同凡俗的"深思性"。其次，一般人在艳情生活中所写的词，内容大多仅局囿于艳情本身；虽然在那里头，也跳跃着感情的火花，但这种感情"燃烧"（李商隐所谓"一寸相思一寸灰"是也）完毕之后，却所剩无几了。而晏词中的一些作品，却在艳情内容之外，还藏有较深的思想内蕴，这就是它的又一个难得的地方。比如下面这些词：

> 池塘水绿风微暖，记得玉真初见面。重头歌韵响铮琮，入破舞腰红乱旋。　玉钩阑下香阶畔，醉后不知斜日晚。当时共我赏花人，点检如今无一半。（《木兰花》）
>
> 一向年光有限身，等闲离别易销魂。酒宴歌席莫辞频。　满目山河空念远，落花风雨更伤春。不如怜取眼前人。（《浣溪沙》）

这两首词都在描写艳情生活之外抒发了有关"人生无常"的感触，这便使它们在"景中有情"的基础上又生出了"情中有思"的特色。这种能从写景和抒情之中，又升华或扩展出一定程度的

"思致"之本领，就使晏殊的词境显得格外深厚和耐人咀嚼。不信，我们还可以把前面举过的"一曲新词酒一杯"词和下面这首《破阵子》作一比较。《破阵子》词云："忆得去年今日，黄花已满东篱。曾与玉人临小槛，共折香英泛酒卮。长条插鬓垂。　　人貌不应迁换，珍丛又睹芳菲。重把一尊寻旧径，所惜光阴去似飞。风露飘冷时。"除了时令（一为春，一为秋）有所区别之外，后一首词的"本事"，简直就是前一首词所据的"底本"。但是，由于《破阵子》词仅局限于平实地抒写自己与恋人之间的聚散之情，因此其思想容量就显得相对的狭小；而"一曲新词酒一杯"这首词，却摒弃了对于恋情场景的一般性描写，提炼和升华出了"夕阳西下几时回"之类深沉的人生感触，使读者从具体的怀人之情进一步扩展到了对于整个人生在渐变中悄悄流驰的锐利伤感，这就使它富有了深广得多的哲理性思想内蕴。举此一例，也就容易明白晏词意境深厚、情中有"思"的特色了。

第三是珠圆玉润、风格俊美。

晏殊词集名为《珠玉词》，而刘熙载又称：
"冯延巳词，晏同叔得其俊。"①上述名称和评语对
于晏殊词来说，确是名实相符的。比如：

> 金风细细，叶叶梧桐坠。绿酒初尝人易
> 醉，一枕小窗浓睡。　紫薇朱槿花残，斜
> 阳却照栏干。双燕欲归时节，银屏昨夜微
> 寒。(《清平乐》)

细读此词，我们会有两个感觉：一是背景雅丽，
二是节奏平缓，而总的印象则是风格俊美、含蓄
蕴藉。先看其背景：金风、梧叶、紫薇、朱槿；
在庭院的"外景"中，渐又转出小窗、银屏的"内
景"；再进一步展现那飞入阁内的双燕和绿酒初醉
的"睡美人"。这岂不就是那种"言富贵唯说气
象"的"闲雅"作风？再味其节奏：细细的金风，
飒飒的梧叶，缓缓西下的夕阳，轻轻飘落的残花，

---

① 刘熙载：《艺概》卷四，上海古籍出版社，1978年，
第107页。

凡此种种，均给人以一种细、小、轻、缓的心理感受，使人得到一种熨贴、舒徐的美感享受。而"双燕欲归时节，银屏昨夜微寒"两句，又以双燕归飞、春光温煦来反衬银屏人的孤栖和冷落，极为含蓄，极为蕴藉。这种不用繁声促节而用从容不迫的声情来传达"闺怨"情绪的写法，就不愧是一种"大家笔法"（而不同于有些词人那种近乎穷形极相的"小家子气"）。所以，可以这样说：晏殊词的俊美风格，又正是与他富贵闲雅的"贵人气派"相一致的。从这种"贵人气派"出发，他所选择的字面，大多是那类美而雅、丽而淡的词藻；他所组织的词句，也多是一些音律和婉、色彩明丽的语句。如他"无可奈何花落去，似曾相识燕归来"这两句名句，原是《示张寺丞王校勘》诗（七律）中的颔联，现在移用到《浣溪沙》词中来，就更其显得贴切和工巧，越发显出"情致缠绵，音调谐婉"（张宗橚《词林纪事》卷三评语）的特种美感来。所以，很久以来，人们便爱用"珠圆玉润"四字来形容晏殊词的风格特色——它既具有"大珠小珠落玉盘"式的音节美，又具有"温润秀洁"（王灼评语）的"玉质美"（色彩美）——这个比拟，是相当允当的。

总起来说，晏殊的词和冯延巳的词一样，基本属于一种"酒席文学"。陈世修说："公（指冯氏）以金陵盛时，内外无事，朋僚亲旧，或当燕集，多运藻思，为乐府新词，俾歌者倚丝竹而歌之，所以娱宾而遣兴也。"①叶梦得说，晏殊"未尝一日不燕饮"，每宴"必以歌乐相佐"，而在歌妓"呈艺已遍"之后，他即索纸笔赋诗作词以呈自己的"伎艺"②。从上述创作环境和创作动机的相似性来看，我们就一点也不难理解晏殊词风与冯延巳词风的"似曾相识"了。因此，他们都喜用淡雅清丽的词笔去写他们的富贵和艳情的生活，又都善于在酒阑席散之后感发出不够满足的伤感意绪，相似地体现出那种"真富贵"者的闲雅风度来。故从这点出发，晏殊就"尤喜江南冯延巳

---

① 陈世修：《阳春集序》，见金启华等《唐宋词集序跋汇编》，江苏教育出版社，1990年，第8页。

② 叶梦得：《避暑录话》卷上，中华书局，1985年，第35页。

歌词，其所自作，亦不减延巳"①。不过话又要说回来，冯词就其实质而言，乃是一种"衰世"的产物；而晏词，则更多地带有"太平盛世"的时代烙印。因此，同是不免会流入伤感之中，晏词却另多着一番繁华热闹的气氛和景象，如："玉露金风月正圆，台榭早凉天。画堂嘉会，组绣列芳筵。洞府星辰龟鹤，福寿来添。欢声喜色，同入金炉泛浓烟。　清歌妙舞，急管繁弦，榴花满酌觥船。人尽寿，富贵又长年。莫教红日西晚，留着醉神仙。"（《长生乐》）这里的"欢声喜色"，就是时代的"升平"气象所带给它的。加之晏殊生活境遇圆满，虽也有过爱情上的离合和政治上的挫折，但这些均又未曾造成其心理上的严重"伤痕"，因而其词风也就显得比较圆融平静，并不像冯词以及其子晏几道的词那样，常有凄厉之音和哀迫之调时时感发。所以，他的小令词就可以视作是五代词（主要是冯延巳词）沿着新的时

---

① 刘攽：《中山诗话》，见施蛰存《宋元词话》，上海书店出版社，1999年，第56页。

代方向加以延伸和提高的产物。

（节选自《唐宋词史》第五章第一节，天津古籍出版社 1998 年版）